한강,

채식주의자
깊게

읽기

한강,⎯⎯⎯
채식주의자
깊게
읽기

정미숙 외 지음

더스토리

차례

1장

정미숙

욕망, 무너지기 쉬운 절대성

정미숙

〈여성, 환멸을 넘어선 불멸의 기호〉로 2004년
부산일보 신춘문예에 당선되며 평론가란 이름
을 얻었다. 이후 소설-시-현대시조, 세 장르를
주로 넘나들면서 공감, 생동하는 글쓰기를 지향
하고 변화와 혁명을 모색 중이다. 지은 책으로
《한국여성소설연구입문》,《집요한 자유》,《페미
니즘 비평》(공저),《젠더와 권력 그리고 몸》(공저)
등이 있다. 현재 부산외국어대학교 만오교양대
학 교수로 재직 중이다. 글을 쓰고 읽는 시간 속
에서 스스로 오롯할 수 있음을 아는 까닭에 내내
오래도록 읽고 쓰며 살고자 한다.

한강은 세 개의 단편소설 〈채식주의
자〉, 〈몽고반점〉, 〈나무불꽃〉을 엮어 소설집 《채식주의자》를 출
간했다. 미학적으로 충분히 완결성을 가진 각 단편들을 이어
3부작 연작 소설을 낸 것은 이채로운 일이다. 이 글에서는 《채
식주의자》에 담긴 인간의 욕망을 집중적으로 파헤쳐볼 생각이
다. 한강은 연작을 통해 욕망과 가족의 관계를 조망하고 비판한
다. 욕망과 가족은 상호 영향 관계에 있다. 한강은 가족 안에서
잉태되고 충돌하며 배제되는 욕망의 실체를 〈채식주의자〉, 〈몽
고반점〉, 〈나무불꽃〉의 시점 변주를 통해 욕망의 절대성이 입장
에 따라 다르게 해석되는 윤리적 단위라는 사실을 보여준다. 특
히 〈나무불꽃〉은 파국 이후 드러나는 그들의 욕망에 대한 가차
없는 비판을 담고 있다.[1] 가부장의 억압적 질서가 만들어낸 욕
망을 다시 가족의 질서로 단죄하여 우리의 욕망이 가족과 현실

---

1. 욕망 이론은 '자크 라캉'과 라캉의 이론을 이어 완성하고 있는 '슬라보예 지젝'에
게서 빌려왔다.

의 굴레, 윤리적 비판에서 결코 자유로울 수 없는 대상이라는 사실을 역설하고 있다.

욕망, 불편한 진실이 돌아오다

〈채식주의자〉는 아내 영혜가 갑자기 육식을 끊겠다고 선언하자, 그것을 부당하다고 생각하는 남편의 시점에서 이야기가 전개된다. 연작 소설의 서장 격인 이 단편은 육식 종언을 한 아내의 남다름에 대한 고발장이다. 아내에 대해 전혀 이해하지 않으려는 남편의 모습은 아내를 자신의 피곤한 삶을 도와주고 보살펴주는 내조자 정도로만 치부해버리는 이기심에서 기인한다.

남편은 부당함과 불편함을 토로하기에만 바쁠 뿐, 제대로 먹지도 자지도 못한 채 꿈만 꾸는 아내에게 진정한 관심을 보이지 않는다. 아내 영혜의 이러한 소외는 세 편의 연작 전반에 걸쳐 드러난다. 영혜는 연작 소설 전체의 실질적인 주인공이지만, 각 편에서 직접적인 화자가 아니라 '아내', '처제', '영혜' 등으로 대상화된 채 그려진다.

〈채식주의자〉는 이중 시점[2]으로 서술하고 있는데, 남편의 당당한 발화와 이탤릭체의 사선 안에 담겨 넘어질 듯 토로하는 영혜의 꿈과 독백으로 이어진다.

영혜의 육식 종언은 냉장고에 들어 있던 소고기와 생선, 계란 같은 고기류의 음식들을 버리는 것으로 시작한다. 하지만 남편은 아내의 이런 돌발 행동을 낭비로밖에 보지 않는다. 남편은 과분한 것을 바라지 않는 지극히 현실적인 사람으로, 꿈을 꾼 뒤 돌연히 채식주의자가 되겠다고 선언한 아내의 황당한 행동을 도무지 이해할 수 없다. 설핏 아토피 치료나 스님들의 살생을 금하는 대의가 채식으로 이어질 수 있다는 점은 이해하고 인정한다. 하지만 남편은 자신의 그 이해를 아내의 상처에까지 확장시키지는 못한다. 남편은 육식 종언이란 스님 같은 고상한 수행자들이 절과 같은 특수한 곳에서 행하는 결단으로, 일종의 의식처럼 살생의 연결고리를 끊는 거라고 여긴다. 그리고 남편의 이러한 태도와 반응은 대다수의 사람들이 가지고 있는 상식적인 반응으로, 상식에 함몰되어 있는 남편은 당연히 아내의 상처를 볼 수 없다.

---

2. 이중 시점은 여성의 타자성을 부각하기 위해 여성 작가들이 전략적으로 취하는 일종의 시점 전략이다. 서사의 실질적인 주인공인 여성을 삼인칭으로, 남성 화자를 '나'로 설정하며 맞세우는 이중 시점은 남성 지배 담론의 현실을 환기시킨다. 우리 문단에서는 오정희, 은희경, 한강 등으로 이어지며 지속되고 있다.

〈채식주의자〉 속 이탤릭체에 담긴 영혜의 꿈은 선명하다. 영혜는 살생에 대한 거부 혹은 고깃덩어리에 대한 깊은 혐오로 전율한다. 영혜가 꿈에서 거적때기를 걷고 들어간 헛간은 고깃덩어리에서 아직 마르지 않은 붉은 피가 뚝뚝 떨어지는 것으로 보아 아마 도축장일 것이다. 대막대기에 수백 개의 커다랗고 시뻘건 고깃덩어리들이 매달려 있고, 덩어리에서 붉은 피가 떨어지며, 새하얀 옷이 온통 피에 젖어버리는 꿈은 선정적이고 도발적이다. 영혜는 떨어진 고깃덩어리에 피를 묻혀가며 날것으로 먹다가, 헛간 바닥에 고인 피 웅덩이에 비친 자신의 모습을 목격한다. 그 순간 영혜는 자기혐오를 넘어 자기부정으로 치닫는다.

그러나 영혜의 이러한 꿈은 허구처럼 전달되고 있지만 모순적이게도 꿈이 아니라 사실이다. 꿈은 끔찍한 살육의 현실을 냉정하게 반영한 불편한 진실일 뿐이다. 영혜의 꿈은 도살을 용인하는 불편한 진실의 현장인 은폐된 헛간을 공개하면서 시작한다.

전근대의 육식 문화에서는 다른 생물을 섭취하는 데 대해 속죄하는 일련의 의식 행위들이 있었다. 그러나 근대에 이르러 사람들은 양심의 짐을 덜고자 자신들이 잡아먹을 동물들에게서 가능한 한 멀리 떨어지기 위해 물리적, 심리적 장벽을 고안해냈다. 바로 먹이가 되는 동물들과 친숙한 관계를 없애면서 생명체 살해에 흔히 따라오는 공포, 수치, 혐오, 후회의 감정을 극복한 것이다. 동물이 사육, 비육, 도살, 포장되는 과정은 매우 합리적이고 실용적이며 편리하다. 음식 재료 혹은 음식으로 바뀐 고기는 인간이 별 불편함 없이 소비할 수 있도록 가공되고 포장되어 나오며, 현대 사회에 일상적인 음식 문화로 자리를 잡았다. 이는 근대적 세계관의 대부분을 일깨운 계몽주의 원칙에서 비롯된 차가운 악(cold evil)[3]을 탄생시켰다. 이런 악은 개인적인 특성이 없으므로 좀처럼 감지되지 않는다.

고기를 먹는 사람들 속에서 채식주의자는 불편한 존재이다. 영혜는 가족들에게 비난받고 남편의 직장 상사 모임에서도 눈총을 받는다. 도살에 대한 공동적인 합의의 세계인 상상계에서 자신이 공모자라고 느끼며 모순에 눈뜨게 되었지만, 실재계인 현실에서는 육식을 하지 않겠다는 그녀의 결심을 실행에 옮기

---

3. '차가운 악(cold evil)'은 기술과 제도의 허울 속 깊은 곳에 모습을 숨기고 있으며, 그것으로 생겨난 제도적 결과는 때로 쉽게 사라지지 않거나 전혀 우연한 관계라고 의심되지 않는 가해자나 피해자들로 야기된다. 이는 무장 강도, 강간, 고의적인 동물 학대 등과 같은 '뜨거운 악(hot evil)'의 범행에서처럼 격렬한 분노를 불러일으킬 가능성은 거의 없어 보인다. 제레미 리프킨, 신현승 옮김,《육식의 종말》(시공사, 2002), 342쪽

기가 매우 어렵다. 남편을 비롯한 가족들조차 그녀의 행동을 못 견뎌하며 이해하려 하지 않는 상태에서 영혜는 점점 소외된다. 이제 영혜는 꿈과 사실이 구분되지 않는 가운데 끔찍한 기억들을 쏟아낸다.

영혜는 모두 여섯 번 내면의 독백을 드러내는데 두 번은 꿈이고 네 번은 사실에 바탕을 둔 고백이다. 이러한 독백들은 영혜의 의식 흐름을 나타내주는데 이를 간단히 정리해보면 다음과 같다.

꿈 1과 꿈 2는 모두 도살하는 현장, 현실에 대한 혐오와 공포에 대한 것이다.

① 꿈 1 : 도살장에서 날고기를 먹는 자신을 발견하고 그 충격으로 자기를 부정하게 된다. 출구를 발견하지 못한다.

② 꿈 2 : 꿈 1의 현상을 넘어 현실의 실체에 근접한 것이다. 누군가 사람을 죽이고 감쪽같이 숨겼는데, 자신이 살해자인지 피살자인지 구분이 안 되나 확실한 것은 삽으로 머리를 쳐서 죽였다는 것이다. 손잡이가 없는 문 뒤에 갇힌 것 같은 공포를 느낀다.

고백 1, 2, 3, 4는 꿈을 꾸게 된 원인과 꿈을 꾼 후 달라진 내면의 변화를 절박하게 드러내고 있다.

① 고백 1 : 나쁜 꿈을 꾸게 된 원인은 남편의 재촉에 급하게 요리를 하다가 칼에 손을 베여 들큰한 피를 빨아먹은 까닭이라 생각하고 싶어 한다.

② 고백 2 : 고기에 대한 식욕과 혐오 사이에서 분열한다.

③ 고백 3 : 아홉 살 때의 기억으로 상처의 실체가 드러난다. 집에서 기르던 개에게 다리를 물렸고 아버지는 달리다 죽은 개가 더 부드럽다며 오토바이에 개를 묶고 달린다. 죽어가는 개의 핏물이 고인 눈과 입의 거품을 보고 나서 그 고깃국에 밥을 말아먹지만 거기에 대해서 정말 아무렇지 않았다고 회상한다.

④ 고백 4 : 먹은 고기들은 소화되고 배설되었지만 고기의 목숨들만은 끈질기게 명치에 달라붙어 있다고 생각하며 아무도 자신을 도울 수 없다는 절망감에 사로잡힌다.

꿈 2에서 도축과 살인이 같은 의미로 겹쳐지고 있다는 사실은 주목할 필요가 있다. 도축과 살인의 범죄에 영혜 자신도 가담하고 있다는 암시는 이어지는 고백 3의 죄의식을 예고한 것이다. 영혜가 있는 곳은 살인 당사자는 감추어주고 살인의 증거인 삽만이 남아 있는 부조리한 공간이다. 고백 3에서는 어린 시절의 기억을 선명하게 드러내어 보여준다. 아홉 살짜리 딸 앞에서 음식의 재료인 개의 육질을 부드럽게 하기 위해 오토바이에 개를 묶어 달리는 아버지의 잔인한 모습은 뜨거운 악(hot evil)이 펼쳐지는 생생한 현장이다. 영혜의 꿈은 아버지로 상징되는 질서에 순종하면서 무의식으로 억눌러야 했던 불편한 진실, 그 억압된 것의 귀환이라는 예사롭지 않은 의미를 갖는다. 아버지는 애국이라는 이름으로 저지른 살인을 자랑스럽게 이야기하고 가족이라는 이름으로 도축을 하는 데 거리낌이 없다.

기르던 개를 단지 육질을 부드럽게 하려고 잔인하게 죽이고 이를 즐겁게 먹는 가족의 식사 풍경은, 애국이라는 구호 아래 베트콩 일곱을 아무렇지도 않게 죽이는 집단 최면, 승화되지 않은 집단적인 에로스인 파시즘과 같은 맥락이다.

정신적 외상이 무의식에 깊숙이 감춰져 있을 때는 일상이 평화롭다. 하지만 그것이 폭발했을 때 현실의 평화는 언제든지 무참히 파괴될 수 있을 정도로 허약하기 그지없다. 라캉은 이러한 위태로움 때문에 진실이 허구처럼 구성된다고 한다. 실제 사건들을 허구로 바꾸는 치환은 타협이나 이데올로기 순응적 행위에 해당한다.[4] 그러나 영혜의 꿈은 의식에 밀린 무의식이 아니라 의식을 잡아먹는 치명적인 기억으로 살아나서 타협할 수 없는 존재 전환의 욕망을 이끌어낸다. 하지만 영혜는 이처럼 절절한 자신의 꿈과 고백을 결코 발설하지도, 다른 사람들과 소통하지도 못한다. 영혜는 꿈과 현실 모두에서 출구를 찾지 못한 채, 가족의 몰이해 속에서 혼자만의 세계에 갇혀 있다. 다만 후작인 〈몽고반점〉에서 형부와 잠시 부분적 이해를 나눌 뿐이다.

영혜의 반란은 지금껏 지속되고 용인되어온 질서에 대한 반항의 의미를 갖는다. 아버지 부정과 가부장의 폭압과 몰이해를 거부하면서 프로이트가 말한 가족 로망스 속의 신경증 환자의 반항 의식을 갖는다.[5] 어린 시절의 일을 마치 실제처럼 생생하게 느끼며 아버지에 대한 무의식적인 반항을 신경증으로 드러내는 영혜는 이를 남편에게로 전이한다.

---

4. 슬라브예 지젝, 김소연·유재희 옮김,《삐딱하게 보기》(시각과 언어, 1995), 41쪽
5. 프로이트는 오이디푸스 구조의 근원성을 밝히기 위해 〈가족 로망스〉에서 신경증 환자의 '무의식'에 대해 논의했으며 〈토템과 타부〉에서는 미개인의 원시적인 '행동'에 대해 고찰했다. 신경증 환자와 미개인의 공통점은 '심리적 현실'을 '실제적 현실'로 생각하여 사고와 행동을 통해 오이디푸스 구조의 근원성을 드러낸다는 점이다. 예컨대 신경증 환자는 가족 로망스 속에서 아버지에게 반항하는 환상을 갖게 되며, 미개인은 형제들이 힘을 합쳐 실제로 아버지를 살해한다. 나병철,《가족 로망스와 성장 소설》(문예출판사, 2004), 37쪽

영혜의 남편은 이기적인 사람이다. 자기중심적인 남편은 자신에게 그러한 일이 일어나서는 안 된다고 생각하기 때문에 아내 영혜를 병원에 데려가지 않는다. 남편은 처가 식구들을 보며 영혜에 대해 파악한다. 그리고 육식을 즐기는 처가 가족들의 무난한 성향에 비추어볼 때 아내의 돌연한 반항은 재고의 가치가 없는 이상 행동일 뿐이다. 결국 아내의 가족은 그가 영혜를 이해하는 데 장애로 작용한다.

가족을 통해 영혜를 이해하려고 하는 이런 접근 방식은 남편에게 억울한 느낌만을 준다. 가부장적인 장인과 헌신적인 장모 그리고 아내보다 경제력과 성적 매력이 뛰어난 처형은 무능한 형님에 대한 야릇한 질투와 겹쳐지면서 아내에 대한 이해를 차단해버린다. 남편의 이혼 결심이 처형이 새로 마련한 집들이 저녁 만찬에서 굳어졌다는 것은 거의 예정된 수순이다.

처가 식구들, 즉 영혜 부모와 형제의 경우도 마찬가지다. 예전과 달리 변해가면서 해독될 수 없는 내면성을 가지게 된 영혜를 가족들은 무시하고 부정하다 결국 처벌한다.[6] 아버지는 고기

---

6. 가족의 조직 원리는 내밀함의 소통과 배려이지만 개별적 내면성은 억압받는다. 누군가의 내면성은 곧 가족적 친밀성에서 이탈했다는 신호이다. 이종영,《성적 지배와 그 양식들》(새물결, 2001), 30쪽

를 거부하는 영혜의 따귀를 때리고 그녀의 입에 고기를 넣으려는 시도를 반복한다. 이러한 일련의 행위는 감추어두었던 그녀의 상처를 자극하게 되고 영혜는 칼로 자신의 동맥을 긋는 자해로 저항 의지를 드러낸다.

그렇게 영혜는 가족과 소통하지 못하고 신경증 환자로 남게 된다. 영혜에게 가족이란 자신의 내면이 억압된 상태에서 강제로 친목을 다지는 집단이며, 외면적인 배려만 가능한 허구적인 유기체일 뿐이다.

욕망, 판타지와 외설의 경계에서 흔들리다

가족에게 외면당한 영혜의 육식 거부와 존재 전환의 욕망은 〈몽고반점〉의 초점 화자인 형부를 통해 이해받는다. 형부는 영혜와 영혜의 욕망을 동일시한다. 동일시란 인간 주체가 구성되는 작용 자체[7]이다. 형부는 영혜의 목숨을 건 절박한 저항과 자신을 다 던지는 치열한 생의 자세를 모방하고 내면화한다. 그는 자신의 욕망을 실현할 매개체로 영혜를 설정하고 영혜를 통해

---

7. 딜런 에바스, 김종주 외 옮김,《라캉 정신분석 사전》(인간사랑, 1998), 112쪽

존재 전환의 계기를 마련한다.

소설 속에서 영혜는 아직도 엉덩이에 파랗게 몽고반점이 남아 있는데 이는 순수와 원시의 흔적이다. 영혜의 몽고반점에 대한 형부의 욕망은 일종의 절편음란증으로 작용하며 이 소설을 파국으로 몰아가는 도착 증상이다. 〈몽고반점〉의 욕망은 가족 안에서 싹트고 있는 탓에 그 경계가 느슨하고 모호하나 그런 까닭에 매우 위태롭다는 이중성을 갖고 있다.

아내와 별 애정 없이 결혼한 그는 처제를 보았을 때 자신의 취향에서 살짝 비껴 있는 아내의 결여된 부분이 무엇인지 정확히 깨닫는다. 처제에게서 아내와는 다른 야생의 나무 같은 힘을 느꼈다는 그의 내면 고백은 그의 욕망이 결코 충동적이지 않다는 것을 보여준다. 형부에게 영혜는 담백한 육체적 매력과 강렬한 이미지를 가진 이상적인 존재이다. 전작 〈채식주의자〉에서 형부가 누구보다 먼저 영혜를 병원으로 업고 데려가는 기민함을 보였던 이유가 후작 〈몽고반점〉에서 밝혀지고 있는 것이다.

처제에 대한 그의 욕망은 복합적이다. 그가 좋아하는 스타일의 여성이라는 부분도 있지만, 그녀의 강렬한 저항 의지가 자신에게 예술적 영감을 불어넣으며 작품 세계에 대한 재고와 전환을 촉발하고 있기 때문이다. 그에게 영혜는 절박한 예술적 동반자이다. 아내의 이야기를 통해 알게 된 처제의 몽고반점에 대한 예술적 영감과 성적 끌림 그리고 육식을 권하는 아버지에게 맞서 칼로 자신의 팔뚝을 그어버리던 강렬한 이미지, 또한 피 흘리는 그녀를 업고 병원으로 가면서 닿았던 육체적 접촉들은 그녀에 대한 구체적인 욕망의 원인들이다. 푸코가 지적하듯이 가족은 성적 욕망의 특권적 재화의 지점이다. 가족은 감정적 유대감과 밀착된 공간 그리고 몸의 의심스러운 근접 등에서 근친상간적 상상력이 발생할 수 있는 성소이다.[8]

주로 생생한 다큐멘터리를 제작하며 현실을 비판해온 그는 현실에서 비켜선 예술가라는 제3의 위치에서 윤리적인 자유와 예언적인 도발을 추구하려고 한다. 그런 까닭에 처제와 더불어 그가 추구하고자 하는 작업에 대한 자세는 연출가와 남자 사이, 열정과 정욕 사이를 넘나든다. 그는 형부로서 처제가 사는 자취방을 찾아갔다가 다 벗은 영혜의 몸을 보게 되지만 그저 냉정하게 관찰할 뿐이다. 그리고 예술가의 감각으로 그녀의 몸과 영혼을 포착해내려 한다. 명확하게 구분되지 않는 그의 욕망 아래에

---

8. M. 푸코, 이규현 옮김,《성의 역사(1)-앎의 의지》(나남출판, 1994), 122쪽

는 영혜라는 특수자를 통해 에로스의 영역, 완벽하게 아름다운 가상 세계를 재현하고 싶은 마음이 존재한다. 예술은 세속을 벗어난 독자적이고 자기 완결적인 영역이기 때문이다.

형부는 자신이 지금껏 심각하게 저항하거나 고민하지도 않은 채, 현실적인 이미지만 복사해왔다는 사실을 깨닫고 혐오감을 느낀다. 그리고 이런 혐오를 촉발시킨 이는 영혜다. 그는 이제 예술의 영역에서 스스로가 만들어내고 연출한 이미지의 고유성을 지키겠다고 결심한다. 하지만 에로스의 다른 면이 타나토스이듯이 그의 작업은 포르노와 판타지의 경계에서 위태롭다. 즉, 사물들은 인간을 위한 사물로 왜곡되기 이전의 즉자적인 사물의 상태에서 태고의 향기를 뿜어내고, 그 태곳적 향기 속에서 은밀한 교감을 나누며, 무의지적 기억을 통해 태곳적 형상들이 발산하는 분위기 속의 아우라[9]를 연출할 수 있어야 하는 까다로움이 전제된다.

소설 속에서 시원의 존재로 비쳐지는 영혜의 몸은 성적인 느낌이 없는, 하지만 묘하게 아름다운 낯선 존재이다. 영혜를 매혹적이라 생각하는 형부의 시선은 남들과 다른 특별한 것으로,

---

9. M. 호르크하이머 외, 김유동 외 옮김, 《계몽의 변증법》(문예출판사, 1995), 46쪽

그를 제외한 그 누구도 영혜를 미인이라 생각하지 않는다는 사실이 이를 보증한다. 영혜의 외눈꺼풀과 전혀 비음이 섞이지 않은 담백한 목소리, 남을 거의 신경 쓰지 않는 듯 별 호기심이 없는 멍한 시선과 자세 그리고 군살 없이 마르고도 탄력 있는 몸매와 엉덩이에 감추고 있는 몽고반점은 그가 연출하고자 하는 고요하고 나지막하며 매혹적인 오브제일 뿐이다.

그의 내면에서는 처제에게 육체적으로 끌린다는 죄의식과 '그녀를 통해 자신이 바라는 이미지를 남기겠다는 예술가적 이기심이 한 치의 양보 없이 팽팽하게 대립한다. 아니, 사실 그 둘은 구분되지 않는다. 주목할 것은 그가 영혜에게 밀착하면 할수록 영혜는 점점 치료된다는 사실이다. 영혜는 형부와 작업을 하면서 그의 붓끝을 따라 몸이 예민하게 반응하는 정상적인 몸의 감각을 되찾는다. 일종의 신경증을 앓고 있던 영혜는 마치 애무와도 같은 집요한 붓의 감촉을 온몸으로 받고 느끼며[10] 물감의 냄

---

10. 피부에서 느낀 것을 생식기로 연결하는 연쇄 감각은 냄새라는 자극적인 효과가 신경 체계라는 매개를 거쳐 생기는 것이다. 부드러운 접촉은 에로틱한 흥분, 특히 관념 작용을 불러일으켜 에로틱한 흥분을 보조하는 역할을 한다. 이는 특히 신경증에 속하는 히스테리 여성에게서 일어나는 평범한 현상이다. 왜냐하면 연쇄 감각적 현상들은 히스테리 환자들에게서 매순간 발견되기 때문이다. 기에탕 가티앙 드 클레람보, 강응섭 옮김, 《여성의 에로틱한 열정과 페티시즘》(숲, 2003), 86~87쪽

새와 꽃의 아름다움에 강렬하게 취해 마침내 에로틱한 흥분을 느낀다. 영혜는 결코 미치지 않았으며 아직 상처에서 벗어나지 못했을 뿐이다.

그의 욕망 속에서 절대적인 존재로 각인된 처제는 화려한 꽃 그림과 조명을 통해 점점 이상화되는 가운데 그녀에 대한 그의 욕망도 함께 고조된다. 그는 결국 그녀의 얼굴을 카메라에 담는다. 이는 파국의 전조이다. 예술과 현실 속에서 얼굴은 이중적이다. 얼굴은 영혼과 정체성을 상징한다. 특히 포르노와 에로스의 경계에 머무는 이러한 작업에서 얼굴이 카메라에 담기는 것은 마치 마그리트의 〈강간〉처럼 여성의 몸이 얼굴로 변형되어 인간으로서의 존재성을 파손하는 것[11]과 다를 바 없이 위험하다. 하지만 그의 욕망은 여기에서 그치지 않는다. 그는 온몸에 꽃을 그리고 그녀의 방에서 정사를 나눈다.

두 남녀는 성적 결합을 통해 함께 환희를 나눈다. 두 사람에게 도덕과 윤리는 멀고 예술과 외설의 경계는 벌써 무너졌다. 카메라에 담긴 동영상을 통해 보이는 두 남녀의 모습은 예술이라는 환상적 장치를 통해 낯설고도 완벽한 소통을 완성하고 있

---

11. 정화열 외,《몸의 정치와 예술 그리고 생태학》(아카넷, 2005), 43쪽

는 듯이 보인다. 하지만 현실은 이 모든 환상을 일순 환멸로 벗겨 내린다.

얼굴을 드러내지 않는다는 조건 아래 촬영에 임한 J처럼 현실의 맥락에서 완전히 자유로운 예술은 존재하지 않는 법이다. 카메라에 예술로 담긴 처제와 형부의 성적 교합은 그의 아내이자 언니인 인혜에게는 용납되지 않는다. 예술과 정사를 완벽하게 일치시키며 달려온 그의 욕망은 현실의 대변자이자 법의 집행자인 아내를 통해 파멸에 이른다.

인혜는 두 사람의 모든 것이 들어 있는 전혀 수정되지 않은 원본 테이프를 확인한다. 그녀에게 원본 테이프는 괴물 같은 진실이다. 인혜의 말 한마디로 그와 그의 모든 행위는 추문으로 전락하고 영혜는 죽음이 그 사슬을 풀어줄 때까지 정신병원에서 나오지 못한다.

그런데 그가 동영상을 통해 설명하고 싶었던 것은 도대체 무엇일까? 만약 그것이 속절없는 변명일 뿐이라면 모든 것을 걸었던 자신의 예술에 대한 부정이 아닐까?

"성 관계는 존재하지 않는다"라는 라캉의 핵심 통찰은 그와 그녀의 성적 위치에서 볼 때 사실이다.[12] 설명해야만 하는 성은 불가능한 실재이다. 그는 자신의 상상계에서 언어의 세계인 상징계로 진입하는 순간, 언어가 만들어낸 소외와 분열 때문에 향유를 박탈당할 수밖에 없다. 여기에서 그가 느끼는 공포는 지극히 육체적인 것이다. 영혜와 뜨거운 성적 결합을 이끌어냈던 그의 몸에 그려진 꽃이 여기에서는 정사의 흔적인 오물[13]로 추락하고 만다. 이것이 상상계를 벗어난 차가운 현실, 실재계의 엄혹한 논리다.

그는 욕망에 빠져 파국을 맞이하는 순진한 남자는 아니다. 다만 그가 욕망의 종점에 거의 다다를 무렵, 아내가 갑자기 끼어들어 파국을 선언해버린 것뿐이다. 스스로 마치려고 했던 깔끔한 엔딩의 순간을 아내에게 빼앗겨버린 것이다.

그는 향유가 침묵 속에서 영원히 반복될 수 있게 촬영을 마쳐야 한다고 되뇐다. 여기서 쾌락 원리가 욕망의 규제 원리로 넘어가는 지점을 발견할 수 있다. 욕망은 한계를 넘어선 향유를 추구하지 않는다. 쾌락 원리는 흥분이 한계를 넘어서면 흥분을 바로 참을 수 없는 불쾌감으로 바꿔버린다. 그리고 욕망이 그 흥분을 추구하지 않도록 규제 원리로 작동한다. 라캉은 이를

---

12. 슬라브예 지젝 외, 김영찬 외 옮김, 《성관계는 없다》(도서출판 b, 2005), 9쪽
13. 비체(abjection)의 강조는 두려움과 공포를 조장하는 데에 있다. J. 크리스테바, 서민원 옮김, 《공포의 권력》(동문선, 2001), 23쪽

"향유에 그 한계를 부과하는 것은 쾌락이다"라고 했다.[14]

그가 궁극적으로 추구한 것은 영혜가 아니라 예술이다. 그는 예술과 외설의 경계를 가로지르는 진짜 향락을 재현하고 싶었고, 그것을 가감 없이 과감하게 보여주었다는 사실에 공감한다. 이는 시뮬라크르의 재현 공간 안에서 확보된 그와 그녀의 진실이기도 하다. 그러나 현실의 그는 자신이 정상이라는 사실을 증명하기 위해 수개월 동안 애써야 하는 존재이다. 영혜는 어떠한 변명을 할 수도 없고 할 필요도 없는 정신이상자로 남는다. 그의 욕망에 대한 평가는 남겨진 현실 속 그의 행동반경에서 찾을 수 있다. 그는 영혜를 전혀 배려할 수 없고 또한 배려하지 않는다. 그의 방어 속에서 영혜의 사물화와 대상화는 피할 수 없다. 그의 물음은 〈나무불꽃〉에서 오직 아이에게만 한정된다. 그는 상징계의 질서에 편입하고자 한다. 욕망은 승화되어야만 하는가? 억압이 있는 곳에 욕망이 함께 있다면 욕망의 고통을 줄일 안전장치는 무엇인가?

---

14. J. Lacan, *Ecrits*, Editions du Seui, 1966, 821쪽 ; 이종영, 《욕망에서 연대성으로》(백의, 1998), 170쪽

욕망 이후, 가족의 질서로 단죄하다

〈나무불꽃〉에서는 욕망이 진공 상태와 비현실적인 맥락에 놓일 수 없다는 냉혹한 실존을 일깨워준다. 연작의 마지막인 이곳에 이르러 그의 아내이자 영혜의 언니인 그녀가 초점 화자로 나선다. 영혜는 정신병원에 갔혔고 남편은 수개월에 걸친 구명 운동 끝에 유치장에서 풀려난 후 추문을 남기고 달아나버렸다. 부모도 영혜를 찾지 않는 상태에서 인혜야말로 가장 도덕적이고 지성적인 신뢰할 만한 화자이다. 동생을 돌보기 위해 정기적으로 음식과 옷가지를 챙겨 정신병원을 찾는 그녀는 다함없이 선량한 모성적 존재이다. 그러나 그녀의 존재를 규정하는 것은 그리 간단하지 않다.

인혜는 분명 영혜를 돌보는 보호자이지만 영혜를 정신병원에 가둔 것도 언니인 그녀이고, 병원을 벗어나지 못한 채 죽음에 이르도록 만든 것도 사실상 그녀이다. 그녀의 흔들림 없는 첨예한 윤리적 판단은 신성 가족의 아우라에서 발생한다. 인혜가 가진 가족 윤리는 그녀가 동생과 남편, 둘 모두를 쉽게 용서할 수 없는 이유이자, 영혜가 거리를 두고 떨어져 있는 정신병원에 오래도록 갇혀 있어야 하는 원인이다.

〈나무불꽃〉에 이르러 그녀들의 이름이 김인혜이고, 김영혜라는 사실이 온전하게 드러난다. 언어는 질서의 기호이다. 이름은 둘이 자매간으로 가부장의 질서 안에 함께 묶여 있다는 것을 분명하게 드러낸다. 또한 두 사람의 완전한 이름은 두 사람을 거친 후 사라져버린 불완전한 형부에 대한 비난을 내포하고 있다.

인혜의 시선 역시 외부 사람들이 정신병자를 대하는 시선과 크게 다르지 않다. 꿈을 통해 드러난 그녀의 무의식에서[15] 알 수 있듯이 인혜는 영혜와 영혜의 육체에 대해 강렬한 혐오감을 갖고 있으며 피눈물을 흘릴 정도로 깊은 상처를 받았다. 그리고 회상을 통해 슬금슬금 영혜에게 의구심을 갖는다. 그것은 영혜가 자신을 질투했을 수도 있다는 것과 남편을 일찍부터 좋아했을지도 모른다는 의심이다. 영혜가 두 편의 소설을 지나 마지막 편에 이르는 동안 형부에 대한 감정을 한 번도 드러낸 적이 없다는 점에서 인혜의 이러한 의구심은 정보에 가깝게 들린다. 가족의 경계에 서 있는 형부는 영혜를 가장 잘 이해해주는 존재였다.

영혜가 그런 형부에게 정서적으로 의지하고 인간적으로 매력

---

15. 무의식은 내가 '나 자신을 선택하도록', 말하자면 다양한 욕망들이 나 자신의 통일성 안으로 결합시키는 결정 행위이자 의식의 토대가 되는 몸짓이다. 슬라보예 지젝, 김재영 옮김,《무너지기 쉬운 절대성》(인간사랑, 2004), 110쪽

을 느꼈을 수도 있다는 점은 충분히 수긍이 가는 부분이다. 이것은 영혜가 미치지 않았다는 것을 알면서도 정신병원에 집어넣고 꺼내주지 않는 언니 인혜의 일관된 행동으로 이어진다. 그녀는 의사의 퇴원 권유에도 결코 응하지 않는다. 이 모든 불행이 영혜가 성치 않은 상태에서 퇴원한 까닭에 있다고 믿으며 그렇게 몰아간다.

인혜에게 가장 소중한 존재는 아이다. 자신의 가정이 영혜 때문에 무너졌다고 생각하는 상황에서 영혜는 가족일 수 없다. 핵가족 사회에서 법제적 의미의 '가(家)'와 정서적 의미의 '가정(家庭)'이란 개념에는 부부와 아이로 구성되는 '일가단란(一家團欒)'의 개념만 존재한다. 이는 외부와 분리되어 내적으로 결집되는 것을 강조하는 것으로, 가정성의 이데올로기를 강조하고 있다.[16] 영혜에게 돌아갈 자리는 없다. 인혜는 죄의식에 괴로워하면서도 영혜를 정신병원에서 꺼내주지 않는다.

영혜는 무엇을 보았을까? 인혜에게 관찰당하고 감시당하는 그녀가 거식증을 보이는 것은 어쩌면 당연한 게 아닐까? 식욕감퇴의 주체는 아무것도 먹지 않는 것이 아니라 오히려 적극적

---

16. 김혜경,《식민지하 근대 가족의 형성과 젠더》(창비, 2006), 306~309쪽

으로 욕망의 궁극적 대상인 무(無)를 원하는 것이라는 지적은 일리가 있는 듯하다.[17]

　의사의 진단처럼 영혜는 확실히 미치지 않았다. 미치지 않은 영혜는 자신의 존재가 언니에게 상처가 된다는 것을 알고 있는 듯 보인다. 영혜는 서술자를 통해 단 한 번도 내면을 드러낼 기회를 갖지 못한 소외자로서, 가끔씩 의미심장한 말을 언니에게 건네지만 이러한 말은 제대로 전달되지 않는다. 정신병원에 갇혀 끝없이 주사와 약을 투여받으면서 갇혀 살아야 하는 영혜가 자신의 상황을 통해 깨달은 것은 깊은 무기력일 것이다. 결국 영혜는 환영 속에서 자신의 감각의 원천이던 몸을 축소하고 성을 지우고 나무로 변신하기를 원한다. 작정한 영혜의 행동은 속죄를 위해 스스로 고난을 택하는 모습으로 읽힌다.

　의식과 진실은 모두 말을 통해 드러난다. 결코 옛날로 돌아갈 수 없는 현실에서 영혜가 가장 하고 싶었던 말은 용서라는 단어가 아니었을까? 하지만 자신을 미쳤다고 몰아세우며 감시하고 처벌하는 언니에게 그녀의 말은 가닿지 않는다. 나무에 대한 영

---

17. 다이어트를 하는 여성의 경우나 아무것도 먹지 않고 물과 햇빛만이 필요한 나무가 되겠다는 생각은 실존의 '무거움'을 덜어버린다는 면에서 상통하는 점이 있다. 슬라보예 지젝, 앞의 책, 43쪽

혜의 집착은 형부와의 관계가 남긴 흔적으로 볼 수도 있겠으나 나무의 상에 대한 전복적 인식은 시사적이다. 영혜의 열린 시선 혹은 시적 응시는 언니의 고정된 시선을 뒤엎으라는 전복의 권유는 아닐까?

이성보다는 몸의 감각에 충실했고 그 충실 덕에 한순간 자신을 짓누르던 망령에서 벗어날 수 있었던 놀라운 투명함의 시간, 몸-꽃의 시간을 살았던 자신의 경험을 언니와 나누는 것은 불가능한 것일까? 도덕과 법, 가족의 유폐 구조 속에 갇혀 새로운 전환을 마련하지 않는 것은 과연 윤리적인 것일까? 형부와 처제라는 가족의 망령을 매개로 한 절대적인 분노는 결국 남은 자신마저 삼켜버릴 이데올로기는 아닐까?

그러나 영혜의 시도는 답을 구할 수 없는 이상한 행동일 뿐이다. 더 이상 언니 인혜가 그녀의 삶의 질서와 가족의 울타리 안에 영혜 자신을 들이려 하지 않는다는 것을 깊이 자각하게 된다. 그리고 영혜가 내린 결단은 죽음이다. 자신이 무기력하다는 생각은 스스로를 고통스럽게 만든다. 무기력이란 자신이 어떤 행동을 하든지 그것이 자기가 바라고 있는 결과에 아무런 영향도 미치지 않으리라는 느낌과 감정을 말한다. 관계 상실이란 마치 죽음과 마찬가지로 많은 상실[18]을 의미한다. 그녀는 죽음을 통해 상상계의 어머니인 언니의 시선을 거두고 상징계의 질서에 복종하는 두 효과를 만족시키며 실재계의 대타자인 흙으로 돌아가려 한다. 끝내 주사를 거부하며 언니의 옷에 피를 쏟으며 죽어가는 영혜의 모습은 우리의 욕망이 결국 ISR(Imaginary-Symbolic-Real)의 회로를 벗어날 수 없다는 사실을 역설한다. 정신분석이 결국 윤리 비평을 벗어날 수 없다는 것은 자신에 대해 한 번도 확실히 변호하지 못하고 떠난 영혜의 모습이나, 끝내 돌아오지 못한 형부의 부재가 증명해주는 게 아닐까?

* 이 글은 2008년 부산대학교 인문학연구소 《코기토》 제64호(7~32쪽)에 실린 논문 〈욕망, 무너지기 쉬운 절대성 : 한강 연재소설 《채식주의자》의 욕망 분석〉에서 발췌한 글입니다.

18. 도로테 죌레, 채수일·최미영 옮김, 《고난》(한국신학연구소, 2002), 17~18쪽

타율화된 몸의 비극

한정희

한국교원대학교에서 국어국문학으로 석사 학위를 받았고, 현재 고등학교 국어교사로 재직 중이다.

한강은 1993년 시로, 다음 해에는 소설로 등단하여 세 편의 소설집과 네 편의 장편소설, 다수의 동화와 산문집을 내놓으며 활발하게 활동하고 있다. 2004년에 발표한 〈채식주의자〉와 〈몽고반점〉은 1997년에 발표한 〈내 여자의 열매〉를 출발점으로 하여 쓴 소설이다. 특히 〈몽고반점〉은 몸이 내포하고 있는 아름다움과 순수함을 탐색하고 몸에 내재된 삶의 의미를 연구하며, 몸을 뒤덮은 아름다운 꽃 페인팅의 상징적 의미를 추구했다는 점에서 몸 담론의 정수를 보여준다는 평가를 받고 있다.

몸에 대한 담론을 중심으로 문학작품을 살펴볼 때 가장 큰 어려움은 인간의 몸에 대한 생각과 물음이 한 분야의 학문적 차원에 머무르지 않는다는 점이다. 몸에 대한 질문은 철학적, 심리학적, 문화인류학적, 역사적 차원에서 논의될 수 있으며 그 차원들을 가로질러 통합적인 대답을 요하기도 한다. 또한 몸은 하나의 물리적 실체이면서도 추상적 이미지이기도 하고, 사회적 담론 속에서 끊임없이 형성되고 변화해간다. 후기 자본주의 사회의 각종 매체에서는 몸에 대한 이야기가 봇물 터지듯이 흘러나오고 있다. 몸에 대한 논의는 이 세상 어느 누구와도 똑같지 않은 나의 실체에 대한 관심이면서 죽음 및 영혼의 문제와 맞닿아 있기도 하다. 따라서 몸 담론은 현대 사회에서 잃어버린 인간의 본성, 무의식 감성을 회복하려는 논의 중 하나이며 우리를 둘러싼 세계의 모습을 재해석하고 재구축하고자 하는 시도로도 읽힌다.

이 글에서는 몸과 정신의 이분법적 관계를 벗어나 주체로서의 몸을 중심으로 한강의 소설을 살펴보고자 한다. 또한 현대를 살아가는 우리의 철학적, 실존적 고민들이 인물의 몸을 통해 어떻게 그려지는지 살펴보고, 우리 사회에서 몸을 통해 나타나는 정신적, 심리적 현상들로 한강 소설의 의의를 살펴보겠다.

권력의 강요를 받는 인간의 식성

〈채식주의자〉는 〈몽고반점〉과 〈나무불꽃〉으로 이어지는 연작소설의 첫 부분으로, 채식을 고집하는 아내와 그런 행동을 비정상으로 치부하는 남편 그리고 가족 및 사회가 벌이는 대립과 갈등, 파국을 그린 작품이다. 생명체로서 인간의 몸은 다른 생명체를 섭취해야 살아갈 수 있다. 그래서 불가피하게 다른 생명을 죽여야만 하는데, 이때 살해에 대한 양심의 가책뿐만 아니라 다른 생명체를 정복했다는 쾌감도 함께 느낀다. 즉, 먹는 행위는 에로스만큼이나 타나토스와 관련이 있고, 생명만큼이나 죽음과 관련이 있다.[1] 따라서 음식을 섭취하는 것은 단순히 생명체를 유지하는 차원을 넘어서 심리적이고 문화적인 측면과도 연관이 있다. 문화에 따라 특정 동물의 섭취를 금지하거나 선호하기도 하며, 같은 문화 안에서 어떤 이에게는 허용하는 것을 다른 이에게는 금지하기도 한다. 특히 현대의 육식 문화는 남성 중심의 지배 문화와 밀접하게 관련이 있으며 남성과 여성의 차이를 동물과 식물에 비유하기도 한다.[2]

〈채식주의자〉에서 영혜는 어느 날 갑자기 꿈을 꾼 후 고기를 거부하고 고기 냄새가 난다면서 남편과의 잠자리도 거부한다. 영혜의 육식 거부가 후각을 통해서도 이뤄지는 것을 볼 때, 이는 이성적 판단보다는 무의식적 또는 몸 자체가 육식을 거부하는 것으로 볼 수 있다.

---

1. 제레미 리프킨, 신현승 옮김,《육식의 종말》(시공사, 2002), 280쪽
2. 김재경, 〈소설에 나타난 음식과 권력의 문화기호학〉《여성문학연구》22호(한국여성문학학회, 2009)

소설 속에서 꿈에 대한 영혜의 독백은 여덟 번 나온다.

1. 꿈속에서 날고기를 먹은 기억 때문에 끔찍해한다.
2. 꿈꾸기 전날 아침 손을 베이면서 칼 조각이 고기에 섞인다.
3. 꿈속에서 누군가를 살해한다.
4. 꿈과 생시의 구별이 모호해진다.
5. 밤에 잠들지 못하고 서성거린다.
6. 꿈과 현실이 뒤섞인다.
7. 꿈의 원인이 된 어린 시절의 끔찍한 기억이 떠오른다.
8. 어머니에 대한 기억을 잃어버린다.

꿈은 무의식적 욕망의 표현으로 상징계에서 억압된 욕망이 꿈속에서는 적극적으로 표현된다.[3] 꿈은 억압된 것의 귀환이며, 잠 속에서 일상의 문법이 느슨해진 틈을 비집고 나타나게 된다. 영혜의 꿈은 어린 시절 자신을 공격한 개가 끔찍하게 도살되고, 누린내가 코를 찔렀던 그 개의 고기를 정말 아무렇지도 않게 먹었던 기억이 트라우마가 되어 나타난 것으로, 이 소설에서 영혜

---

3. 나병철, 《환상의 리얼리티》(문예출판사, 2010), 87~92쪽

는 꿈과 일상을 혼돈하는 모습을 보인다. 영혜가 꾸었던 첫 번째 꿈은 우리가 평소에 인지하지 못하는 육식의 과정을 보여준다. 우리는 깔끔하게 포장된 선홍빛 고기를 정육점의 분홍빛 진열대에서 일상적으로 보면서도 도살의 장면을 쉽게 연상하지 못한다. 그러나 인간이 육식을 하려면 살아 있는 동물을 오싹하고, 더럽고, 끔찍하고, 잔인하게 죽인 다음 붉은 피가 뚝뚝 떨어져 내리는 시뻘건 고깃덩어리로 만들어야 한다.

사람들이 평소에는 인지하지 못하는 육식 행위의 실재계적 진실은 다른 존재를 죽이는 것이며, 이는 상징계적 질서에 포함될 수 없는 육식 거부의 확실한 이유가 된다.[4] 따라서 아내의 육식 거부는 현대 사회의 상징계적 질서에 대한 저항이며, 우리가 인식하지 못하는 실재계적 진실에 대한 발견이다. 이러한 실재계적 진실은 이성으로는 설명 불가능한 것으로, 상징계가 균열하는 지점에서 탈영토화된 감정-사고가 꿈으로 회귀한 것이다.

육식에 대한 거부와 더불어 남편의 눈에 비친 영혜의 비정상적 행동은 브래지어를 하지 않는 것이다. 영혜는 가슴이 답

---

4. 인간중심적 사고인 상징계적 질서로 볼 때, 인간은 다른 동물보다 우위에 있기에 육식 행위는 조금도 죄책감을 가질 일이 못 된다. 그러나 육식 행위에는 끔찍한 살해 행위와 폭력성이 전제되어야 하며, 이것은 상징계 너머에 있는 실재계적 진실이다.

답하다는 이유로 브래지어를 하지 않는데, 육식 거부를 선언한 이후에는 회사 사람들과 저녁 모임을 하러 나갈 때에도 브래지어를 하지 않아 남편을 곤란하게 만든다. 아내 영혜의 이러한 행동은 가슴에 대한 애정과 연결되며 영혜의 가슴은 성적 의미 이상이다.

영혜의 독백에서 손이나 발, 이, 혀나 시선들은 남들을 해칠 수 있는 무기로 묘사되는 반면, 젖가슴은 아무도 죽이거나 해칠 수 없는 것으로 나온다. 그러면서도 가슴이 여위고 말라가면서 날카로워지는 것을 걱정한다. 여기에서 가슴은 살해와 생존이 결부된 인간 존재의 비극성이 응축되어 있는 공간이다. 젖가슴은 여성적 특성을 보여주는 것으로, 아이들을 먹여 살리는 모성의 공간이다. 하지만 위의 독백에서 영혜는 남들을 해치거나 죽일 수 없는 가슴에 대해 이야기하면서도 동시에 뭔가 불안정한 모습을 보인다.

이 불안정함은 인간의 생존이 다른 목숨을 살해하는 것에 기댈 수밖에 없다는 사실에 기인하고 있다. 다른 독백에서는 그동안 먹어온 고기들이 소화되어 몸 구석구석으로 흩어지고 찌꺼기는 배설되었지만 그 목숨들은 끈질기게 남아서 명치에 달라붙어 있다고 이야기한다. 즉, 영혜는 살해된 목숨들을 온몸으로 느끼고 있는 것이다. 이처럼 실재계에 접속한 영혜는 상징계의 질서에 저항할 수밖에 없는데, 이는 상징계적 질서를 대표하는 가족에 대한 망각으로 나타난다.

병원을 찾아온 어머니를 보며 "왜 저 여자가 우는지, 왜 자신을 삼킬 듯이 들여다보는지, 왜 자신의 손목 붕대를 떨리는 손으로 쓰다듬는지" 모르겠다고 독백을 한다. 이러한 영혜의 독백은 상징계적 질서에 대한 무의식적인 저항이자 일탈이다. 영혜를 둘러싸고 있는 상징계는 남편과 친정 식구들을 포함하는 가족[5]과 남편의 회사 사람들이다.

육식을 거부하는 아내 영혜와 육식을 강요하는 상징계의 충돌은 저녁 식사 자리를 통해 분명하게 드러나는데, 특히 남편의 회사 사람들과의 저녁 모임은 우리 사회에서 통용되는 육식의 담론을 보여준다. 육식은 본능이며 신체적으로나 정신적으로 원만하다는 증거라고 생각하는 회사 사람들 사이에서 남편은 아내의 육식 거부가 한의사의 충고 때문이라고 변명을 한다.

---

5. 영혜의 남편은 '이 세상에서 가장 평범한 여자'가 아내감의 기준이며, 사회의 기준에 자신을 맞추는 것에 안정을 느끼며 평범하게 살기를 바란다. 그리고 친정 식구들은 육식을 즐기는 사람들로, 특히 장인은 월남전에서 베트콩을 죽인 것을 자랑스러워하고 가족 위에 군림하는 가부장적인 사람이다.

육식을 긍정하는 담론 속에서 아내는 말할 수 없는 존재[6]가 되어버린 것이다. 이후 가족의 저녁 식사 자리에서는 아내를 육식 문화에 강제로 편입시키려 한다. 처형의 집들이 자리에서 아내 영혜는 강제로 고기를 먹이려는 친정 식구들에게 저항한다. 처음에는 애원과 걱정으로 시작한 육식에 대한 강요는 아버지가 휘두르는 가부장적인 폭력으로까지 이어지고, 영혜는 이러한 강요에 온몸으로 저항하다가 칼로 자신의 손목을 긋는다.

육식에 대한 가족, 특히 아버지의 집착은 식성과 권력의 관계를 보여주는데, 붉은 고기는 강한 자에게만 허락된 특권으로 남성 중심적 사회 구조의 반영이다.[7] 남성은 여성을 육식 구조에 편입시키는 것으로 남성 중심적 구조를 정당화하고 지속시키는데, 이에 동화된 여성인 영혜의 어머니는 고기를 안 먹으면 세상 사람들이 죄다 영혜를 잡아먹을 거라고 생각하며 모성이라

---

6. 가야트리 스피박은 들뢰즈나 푸코의 서구 중심 이론을 비판하면서, 순장당하는 인도 여성들은 유색인종 여성의 해방을 주장하는 식민주의자의 담론이나 순장을 스스로 선택했다는 힌두주의자의 담론 속에서는 주체로서 목소리를 낼 수 없다고 했다. 마찬가지로 아내의 채식은 육식주의자들의 담론 속에서 받아들여지지 않을 뿐만 아니라, 채식주의자들의 이성적 담론 속에서도 받아들여질 수 없는 것이다. 그래서 말이 아니라 몸을 통해 표현될 수밖에 없다.
7. 제레미 리프킨, 앞의 책, 282~293쪽

는 이름으로 육식을 강요한다. 그러나 영혜는 어머니가 한약이라고 속여서 먹이려는 흑염소즙을 냄새를 통해 알아차리고 이를 거부한다. 이처럼 육식 거부는 영혜의 이성적 판단보다는 무의식적인 몸의 행위에 가깝다.

상징계에서 이탈하면서 영혜가 보이는 징후들을 남편과 가족들은 이해하지 못한다. 특히 화자인 남편은 영혜에 대해 공감하거나 이해하려는 노력을 전혀 보이지 않으면서, 아내를 주부라는 가정적 역할과 여자라는 성적 역할로만 한정시켜 생각한다. 아내가 주부로서 청소와 요리를 하는 모습을 보고 이대로 좀 이상한 여자와 살아도 나쁠 것 없다고 생각한다. 또 아내를 폭력적으로 덮치면서도 자신의 행동에 대해 어떠한 반성이나 죄책감도 보이지 않는다. 남편과 영혜 사이에는 어떠한 정신적 공감도 형성되지 않기 때문에 두 사람의 육체적 관계는 남편이 영혜를 물신화한 결과로 나타난 행동이다. 상징계의 틀 안에서 스스로 안주하기를 바라는 남편과 온몸으로 실재계적 진실에 다가선 아내 영혜의 관계는 결국 파국으로 치닫는다. 정신병원에 수감된 영혜는 햇살 아래 분수 옆에서 벌거벗은 몸으로 새를 물어뜯어 죽이고, 남편은 이러한 아내를 외면하려 한다.

옷을 벗는 영혜의 행동은 사람들에게 그녀가 정신병원에서 나왔다고 생각하도록 만드는 근거가 된다. 이 행동은 영혜가 사회 속에서 광인으로 낙인찍힐 수밖에 없는 표식이지만, 연작 소설인 〈몽고반점〉과 연관시키면 그녀가 식물적인 존재를 꿈꾸고 있음을 암시한다. 다른 존재를 해치지 않으려는 육식에 대한 거부는 남성 중심적 세계의 공격성에 대한 거부이므로 아내의 식물이 되려는 욕망은 그런 남성 중심적 세계에서 벗어나려는 여성적 욕망이다. 그러나 세계가 변하지 않는 한 아내의 욕망은 성취될 수 없기 때문에 결국 결여된 형태[8]로 나타날 수밖에 없으며 〈나무불꽃〉에서 죽음에 대한 충동으로 나아가게 된다.

현대 사회에서 몸은 개인을 넘어서 사회와 권력을 통해 규정되고 강제되는 양상을 보이며, 이렇게 타율화된 몸은 개인의 주체성과 자기 정체성을 훼손하게 된다. 사회가 규정한 아름다운 몸에 억지로 자신을 맞추려 노력하면서 자신만의 아름다움을 잃어버리게 되는 여성들의 모습이나, 개인의 취향이라고 할 수 있는 식성마저도 선택할 수 없는 여성의 억압된 모습은 타율화된 몸이 겪는 고통과 비극을 잘 보여주고 있다.

---

8. 〈채식주의자〉에서 아내의 욕망은 숙명적으로 만족될 수 없는 근원적인 것이라는 점에서 라캉이 이야기하는 대상a에 대한 욕망이며, 상징계 내에서 부정적인 방식으로 나타날 수밖에 없다.

탈주를 꿈꾸는 무의식적 욕망

〈몽고반점〉의 화자는 영혜의 형부로 후기 자본주의 사회에서 마모되고 찢긴 인간의 일상을 3D그래픽과 사실적 다큐멘터리 화면으로 구성하는 작업을 하는 비디오 아티스트이다. 처가 식구들을 초대한 집들이에서 처제가 육식을 강요하는 가족의 폭력에 맞서 죽음을 택하려 하자, 그는 처제를 보면서 자신이 그동안 해왔던 작업에 회의를 품는다. 처제의 피비린내가 코를 찌르는 무더운 여름 오후, 택시 안에서 그는 자신이 했던 작업들이 후기 자본주의 사회를 비판하고자 했고 그 이미지들을 다뤄왔지만 탈주의 욕망을 적극적으로 표현하지 못했다는 사실을 깨닫는다. 즉, 자신이 비판했던 그 대상들을 마음으로 충분히 미워하지 않았기 때문에 결국 그 모든 것이 다시 그를 위협하고 구역질나게 했으며, 숨 쉴 수 없게 만든 것이다. 그래서 예술가로서 그는 후기 자본주의의 일상을 넘어서는 절대적인 예술 세계를 꿈꾸게 된다. 예술가인 그가 활동하는 규율화된 세계는 라캉의 용어로는 상징계에 대응되며 그것을 벗어나려는 욕망은 탈주의 욕망이다. 탈주를 꿈꾸는 그의 욕망은 처제의 엉덩이에 몽고반점이 남아 있다는 말을 듣는 순간 파괴적인 이미지로 다가온다.

폭력성이 만연해 있는 동물성의 사회를 거부하며 극단적인 채식을 선택한 처제의 욕망과 절대적인 예술 세계를 꿈꾸는 그의 욕망은 서로 차이가 있다. 들뢰즈에 따르면 차이를 통해 비로소 두 항 사이에 공명이 생기며, 유사성은 공명의 조건이 아니라 결과물이다.[9] 몽고반점에서 뻗어 나온 이미지를 예술 작품으로 현실화시키려는 그의 욕망은 몽고반점에 집중되면서 채식주의자인 영혜와 공명의 관계를 이루게 된다. 몽고반점은 형부인 그에게 강렬한 욕망을 불러일으키고 처제와 함께 지냈던 생활에 대해 사후적으로 성적 욕망을 불러일으킨다.[10]

몽고반점을 통해 그는 다른 사람들은 이해하지 못하는 처제 영혜의 채식[11]을 이해하게 되고 영혜의 자살 시도도 자신의 운명에 대한 암시로 받아들인다. 현실에서 용인될 수 없는 일이라는 것을 알면서도 처제에게 성적 욕망을 느끼며 몽고반점을 욕

---

9. 서동욱, 《들뢰즈의 철학》(민음사, 2002), 94쪽

10. 처제의 몽고반점에 욕망을 품게 된 후 처제와 함께 살았던 생활은 그에게 성적 흥분을 준다. 이는 프로이트의 사후성 원리와 연관 있으며, 데리다의 차연 및 들뢰즈의 차이 자체와도 연결된다.

11. 가족 중 누구도 처제의 채식에 대해 이해하려는 노력을 하지 않는데, 특히 처제의 남편은 그녀의 채식이 그녀가 조금도 정상으로 돌아오지 않았다는 증거라고 주장한다.

망한다. 그의 욕망은 의식 속에서는 거부되어야 마땅한 것이지만 무의식과 몸은 욕망 추구를 향해 나아간다.

사회적 죽음이라는 치명적인 위험을 감수하면서도 형부인 그는 몽고반점을 욕망한다. 몽고반점이 태어난 지 얼마 안 된 아기에게서만 발견된다는 것은 모든 욕망이 충족되는 완전한 공간이자 잃어버린 공간인 어머니의 자궁을 연상시킨다. 따라서 그가 처제의 몽고반점을 욕망하는 것은 육체에 대한 에로티시즘이라기보다는 태고의 것으로 상징되는 존재의 근원에 대한 욕망이라고 할 수 있다. 영혜는 몸에 보디페인팅으로 꽃을 그린다는 말에 파격적인 형부의 제안을 순순히 받아들이는데, 영혜가 욕망하는 식물화된 몸 역시 원형적 순수와 시원으로의 회귀를 상징한다.[12] 따라서 잃어버린 몸의 잔여물인 몽고반점은 일상인 상징계와 미지의 세계인 실재계의 경계선에 위치한 것으로 그에게는 대상a로 다가온다.

보디페인팅을 통해 예술가와 채식주의자라는 두 존재의 차이에서 일어난 공명의 결과로 '식물 되기'라는 유사성이 형성된

---

12. 장명훈, 〈현대 소설에 나타난 몸 담론 연구〉(한국교원대학교 석사학위논문, 2008)

다. 보디페인팅 작업은 몸에 새로운 이미지를 입히는 것으로 촉감을 동반한다. 그는 붓질을 통해 처제의 몸을 휘감으며 서로 신체적 교감을 나눈다. 그리고 이러한 상호 신체적 접촉은 인간이 느끼는 성욕과는 다른 감정을 불러일으킨다.

영혜에게 보디페인팅 작업을 하고 촬영을 하면서 그는 전혀 성욕을 느끼지 않는다. 이는 식물의 몸을 입히는 작업이 오염된 욕망을 벗기는 일이기도 했기 때문이다.[13] 그의 작업을 통해 처제의 몸은 식물 되기를 실현하며 상징계의 탈주선에 서게 된다. 그리고 그 실현을 가능하게 해준 그 역시 탈주선 가까이 가며 몸을 통한 공감과 유대를 바라게 된다.

그는 자신의 몸이 처제의 몸과 공명하여 '식물 되기'가 실현되기를 간절히 바라지만, 그것은 사회 질서와 윤리를 뒤흔드는 행위다. 그는 자신이 어떤 경계에 와 있는지 알면서도 너무도 강했던 자신의 순수한 욕망을 멈출 수 없고 멈추고 싶지도 않다고 느낀다. 도덕적, 사회적으로 용인되는 방식으로 욕망을 충족시키고자, 그는 자신의 후배인 J를 설득하여 함께 비디오 작업을 하려 한다. 꽃을 그린 나신의 몸을 다시 찍을 것이며, 꽃을

___

13. 나병철,《환상의 리얼리티》(문예출판사, 2010), 423쪽

그릴 남자가 한 명 더 있을 거라는 말에도 처제는 흔쾌히 응한다. 그리고 비디오 작업에서 그는 꾸며진 연기가 아니라 실제로 몸이 하나가 되기를 원하지만 후배 J는 포르노를 찍으라는 이야기냐며 화를 내고 거부한다. 함께 작업실을 쓰는 예술가 후배는 그와 유사성이 있어 보이지만, 그 유사성은 오히려 차이 자체를 방해하기 때문에 공명의 조건을 충족시키지 못한다. 그러나 처제는 그의 예술에 대해 공명한다. 처제에게 꽃으로 뒤덮인 남자의 몸은 '식물 되기'에 성공한 몸이기 때문에 자본주의적 규율이나 욕망의 장치라는 제3의 매개항 없이 교감할 수 있는 대상이다.

그는 결국 자신의 욕망을 억누르지 못하고 자신의 몸에 꽃을 그리고 처제와 성적 교합을 시도한다. 성적인 교합은 가장 적극적인 상호 신체적 교섭으로 자연을 닮은 교감의 방식이며, 상호 신체성을 통한 타자와의 교감은 실재계적 영역에서 그 대상을 원래의 것으로 다시 만나는 경험이다.[14] 그러나 그러한 욕망은 일상에서 결코 용납되지 않는다는 것을 그 스스로도 알고 있다. 따라서 그가 추구하는 욕망과 쾌락은 삶에 대한 모든 욕망을 해

---

14. 나병철, 앞의 책, 419쪽

체하고 뛰어넘는 열반의 원칙이며 죽음 충동이다. 이처럼 탈주의 욕망이 죽음 충동으로 귀결되는 것은 처제와의 결합이 완전하지 않기 때문이다.

꽃으로 뒤덮인 몸을 가진 그는 '식물 되기'에 성공한 듯 보인다. 그러나 그와 처제의 성행위에는 식물의 것이 아닌 동물의 욕망이 잔존해 있다. 즉, 꽃그림으로 뒤덮인 그와 처제의 몸은 식물 되기이지만 그와 처제의 교감은 동물 되기, 인간 되기[15]를 실현하는 것이다. 따라서 그와 처제의 교합은 식물, 동물, 인간의 경계를 뛰어넘어 꽃과 짐승과 인간이 뒤섞인 한 몸이 되려는 시도이다.

대상a를 향한 처제와 그의 욕망과 교감은 상징계에서 벗어나려는 탈주의 욕망으로 환상과 현실의 경계 지점에서 탐미적 차원으로 치닫는다. 이처럼 탈주와 교감이 탐미적 차원에서 갇히는 것은 그 욕망이 예술적 형식으로 표현되고 있을 뿐 일상의 규범을 넘어서는 힘은 아직 부족하기 때문이다. 예술의 형식에 갇힌다는 것은 그들의 결합이 피폐한 일상을 변화시키는 힘으

---

15. 여기에서의 인간은 자본주의 사회에 오염되기 이전의 순수한 인간의 몸을 의미한다.

로 전이되지 못했다는 뜻이다. 그와 처제의 성적 교섭은 일상의 윤리를 위반하는 일이기에 상징계의 질서를 대표하는 아내 인혜에게 단죄받는다. 아내는 구급대를 불러놓았다고 말하며 두 사람을 모두 치료가 필요한 광인으로 내몰아버린다. 아내는 세상을 향해 그를 처제와 부적절한 짓을 한 나쁜 새끼로 만들고, 영혜는 아직 정신이 성치 않은 애로 규정한다. 자본주의 상징계에서 탈주하여 실재계와 접속한 탈코드화의 순간이 아내를 통해 재코드화된 것이다. 태고의 식물적인 것을 추구했던 두 사람의 욕망은 일상 속에서 무력화된다. 이제 그는 죽음과 환상을 통한 탈주나 정신병원행이냐의 기로에 서게 되는데 그 갈림길은 예술적 탈주와 불안한 분열증 사이에 놓여 있다.

보디페인팅을 한 처제가 베란다 너머로 젖가슴을 내민 채 나신으로 난간에 기대어 서 있는 모습을 보고 그는 난간을 뛰어넘어 날아오르고 싶은 충동을 느끼고 그렇게 해야만 깨끗할 거라고 믿는다. 하지만 그는 이를 실행하지 못하고 꽃처럼 서 있는 처제의 강렬한 몸을 쳐다보며 그 자리에 못 박힌 듯 움직이지 않고 가만히 서 있기만 한다.

꽃으로 화한 처제가 서 있는 난간은 환상의 공간이면서 몸이 존재하는 현실의 공간이다. 비현실적 환상은 보디페인팅을 통해 현실에 존재하는 몸으로 표현되고 연출된다.

〈몽고반점〉은 그가 추구하는 예술적 욕망과 처제의 식물 되기 욕망이 환상과 예술 행위를 통해 상징계의 질서에서 탈주하는 모습을 보여준다. 차이를 가진 두 존재가 상호 신체적 교감을 통해 유사성과 유대감을 발견하는 과정을 몸으로 표현하고 있는 것이다. 그러나 그런 탈주와 유대의 표현이 예술의 형식 속에서만 가능하기 때문에 일상의 규범을 넘어서지 못하고 탈주와 분열의 갈림길에 놓이게 된다. 이 소설은 그런 실존적 순간을 통해 외견상 평온해 보이는 일상이 실상 훼손된 삶이며, 그런 상처를 감추고 있는 현실이 변화되어야 한다고 암시한다.

상징계적 질서가 만들어낸 규율화된 사회에서 실재계적 진실을 대면할 때, 몸은 무의식과 욕망을 통해 탈주를 시도하면서 혁명을 꿈꾸게 된다. 그러나 상징계는 몸의 탈주를 용인하지 않기 때문에 현대 사회에서 벗어나려는 탈주는 일상적 관습이나 언어로 설명할 수 없는 꿈, 환상, 분열증 등으로 드러날 수밖에 없다. 〈몽고반점〉의 인물들은 상징계에서 탈주하기를 꿈꾸지만 현실 속에서는 성공하지 못한다. 그러나 충족되지 못한 탈주의 욕망이 계속 남아 있고, 탈주를 시도하려는 노력이 계속된다면 상징계의 변혁의 희망은 계속된다고 할 수 있다. 따라서 위 소설의 인물들은 상징계에서 충족될 수 없는 근원적 욕망을 추구한다는 점에서 실재계에 접속하려는 끊임없는 욕망과 탈주의 의미를 보여주고 있다.

몸을 통한 인간 실존의 탐구

한강은 소설에서 몸을 통해 내면의 상처와 존재의 본질에 대한 문제를 표현하고 있다. 《채식주의자》에 실려 있는 소설들은 후기 자본주의 사회에서 몸을 둘러싼 철학적, 사회적 담론을 보여주고 있는 바, 위 소설들을 분석하는 데 몸 담론이 유리하게 적용될 수 있다.

후기 자본주의 사회에서는 몸에 대한 관심이 높아지고 있으나 몸에 대한 결정권과 주체성은 오히려 약화되고 있다. 푸코에 따르면 현대 사회에서는 권력이 삶의 형식을 통해 은밀하게 욕망의 형태로 행사되며, 사람들은 강제나 강압을 통해서가 아니라 욕망을 추구하면서 스스로 규율 권력에 자신을 예속시킨다. 이러한 규율의 작용은 몸을 통해 나타나는데 〈채식주의자〉에서는 사회와 가족에게 식성을 강요당하는 인물의 고통을 보여주고 있다. 채식을 고집하는 아내와 그런 행동을 비정상적으로 치부하는 남편 그리고 가족 및 사회와 대립하며 결국 파국으로 치닫는 모습을 통해, 육식을 강요하는 권력과 폭력적인 남성 중심적 세계에서 벗어나려는 여성의 욕망을 보여준다.

그러나 한강의 소설은 후기 자본주의 사회에서 타율화된 몸이 겪는 고통과 비극을 보여주는 것에만 그치지는 않는다. 〈몽고반점〉에서는 후기 자본주의의 일상을 넘어서는, 절대적인 예술 세계를 꿈꾸는 그와 식물 되기를 소망하는 처제가 성적 교감을 통해 상징계의 질서에서 탈주하려는 무의식적 욕망을 드러낸다.

인간의 주체성과 정체성에 대한 개인 내면의 상처와 실존에 대한 깊이 있는 고민은 한강 소설 전반을 아우르는 주제 의식으로, 이것은 후기 자본주의 사회를 살아가는 인간의 실존에 대한 문제의식의 발로이다. 다소 어둡고 무거운 듯한 한강의 소설은 삶과 죽음 그리고 인간의 실존이라는 철학적 주제를 끊임없이 탐구하고 있으며 특히 몸을 중심으로 이러한 문제들을 표현해내고 있다.

* 이 글은 2012년 한국교원대학교 석사 학위 논문 〈한강 소설 연구 : 몸 담론을 중심으로〉에서 발췌한 글입니다.

3장

———————————————

한귀은

트라우마의 (탈)역전이

한귀은 ▮▮▮▮▮▮▮▮▮▮▮▮▮

경상대학교 국어교육과 교수이자 작가로, 학생 뿐만 아니라 어른들도 문학을 가까이하기를 바란다. 2009년부터 2010년까지 KBS 진주 라디오에서 '책 테라피(bibliotherapy)' 코너를 진행했다. 지은 책으로 《그녀의 시간》, 《엄마와 집짓기》, 《가장 좋은 사랑은 아직 오지 않았다》, 《모든 순간의 인문학》, 《이별리뷰》, 《이토록 영화 같은 당신》 등이 있다

독자들을 고통스럽게 하는 소설이 있다. 그 고통으로 삶의 불안을 더 느끼게 만드는 소설도 있다. 억압하고 있던 트라우마를 직면하게 하는 소설도 있다. 그리고 그 때문에 우리는 비로소 자기 내면의 목소리를 듣게 되기도 한다. 고통과 불안으로 우리는 일상의 관성에서 잠시나마 벗어나 존재에 대한 근원적인 질문을 찾게 된다.

앨리스 밀러는 수많은 작가들이 트라우마에 시달렸다고 말한다. 그 작가들에는 도스토옙스키, 체호프, 카프카, 니체, 프리드리히 쉴러, 버지니아 울프, 아르튀르 랭보, 미시마 유키오, 마르셀 프루스트, 제임스 조이스 등이 포함된다.[1] 그러나 문학은 '외상후 스트레스 증후군 환자의 임상보고서'가 아니다. 작가들은 단순히 강박적으로 외상을 재현하는 것이 아니라 외상을 대상화하고 외상에 대해 심미적 거리를 취한다. 작가는 외상에 대해 이중 구속되어 있다고 할 수 있다. 외상에 머무를 수도, 외상에

---

1. 앨리스 밀러, 신홍민 옮김,《폭력의 기억, 사랑을 잃어버린 사람들》(양철북, 2006)

서 완전히 빠져나갈 수도 없는 상태인 것이다. 이 딜레마 상태에서 작가는 삶의 진실을 들춰 보여준다.

작가 한강 또한 오랫동안 트라우마를 가진 인물을 형상화해 왔다. 〈채식주의자〉, 〈몽고반점〉, 〈나무불꽃〉의 세 편으로 되어 있는《채식주의자》연작에서도 상처 입은 사람들이 나온다.《채식주의자》는 심리 치료 과정을 통해 유추할 수 있다. 내담자가 어떤 사람이나 사물에 대해 느꼈던 감정을 치료자에게서 느끼는 '전이'와, 치료자의 감정이 내담자를 향하게 되는 '역전이'[2]의 교환이《채식주의자》의 인물과 작가 사이에도 나타나고 있는 것이다. 작가 한강은 마치 치료자가 되어 인물들의 감정을 역전이하고 있는 것처럼 보인다.

《채식주의자》연작은 '작가의 말'에서도 밝히고 있듯이, 10년 전 발표한 단편 〈내 여자의 열매〉와 연장선상에 놓이는 작품이

---

2. 제목과 본문에서 '(탈)역전이'나 '(비)관계'와 같은 표기 방식은 가야트리 스피박에서 빌려왔다. 이는 일종의 이중 어법이다. '탈'에 괄호를 한 것은 '역전이' 쪽에 지향을 두지만 '탈역전이'를 염두에 두지 않으면 '역전이' 또한 성립되지 않음을 명시하기 위해서다. 범박하게 말하자면, 역전이와 탈역전이가 동시적으로 이루어짐을 의미한다. 마찬가지로 '(비)관계'는 '관계'가 형성되었다고 볼 수 있지만, 이 '관계'는 온전한 관계가 아님을 의미한다. 가야트리 스피박, 태혜숙 옮김,《교육 기계, 안의 바깥에서》(갈무리, 2006), 558쪽

자,[3] 이전의 상처에 대한 서사를 응축시켜놓은 작품이다. 작가는 "가슴이 얼음처럼 수없는 금을 그으며 갈라졌다"[4]고 말했다. 그 균열 사이에서 《채식주의자》가 나왔을 것이다. 이 글에서는 상처 혹은 트라우마가 《채식주의자》에서 어떻게 서사화되었는지 소설 속 인물과 그들의 관계를 통해 살펴보고자 한다.

영혜_동물의 이중부정

영혜의 트라우마는 아버지로부터 비롯되었으나 오랫동안 드러나지 않다가 결혼 후 남편을 통해 드러나게 된다. 이것은 프로이트가 말한 트라우마의 사후적 성격과도 관련되어 있는 것으로, 시간적으로 후사건이 전사건의 원인이 되는 경우라 할 수 있다.

영혜는 자신의 과거를 구체적 언어로 표현하지 못한다. 그것은 트라우마를 가진 환자들이 보이는 대표적인 특성이다. 그들의 이야기는 모순되거나 파편화되어 있는 데다가, 그들 자신도

3. 한강, '작가의 말'《채식주의자》(창작과 비평사, 2007), 245쪽
4. 한강, 위의 책, 247쪽

진실을 말하는 것과 숨기는 것 사이에서 주저한다. 트라우마 사건이 오히려 언어화된 이야기가 아닌 증상으로 표현되는 경우가 많은 것도 이와 같은 맥락이다. 트라우마 환자들은 사건에 대한 재경험과 마비 상태 사이에서 동요하는 증상을 보이고 그것이 꿈으로 나타나기도 하는데[5] 영혜의 경우, 그 꿈 또한 억압되기 때문에 해리 증상이 동반된다. 영혜는 증상의 기원을 감추는 동시에 드러내고 있는 것이다.[6]

영혜는 자신을 물었던 개가 죽어가던 모습과 그 고깃국을 먹었던 일을 회상하면서 아무렇지도 않다고 말한다. 하지만 그녀는 꿈에서 고깃덩어리가 매달려 있는 나무들이 솟아 있는 숲에서 도주하는 것으로 과거의 기억이 위장되었다는 사실을 암시했다. 그녀의 공포는 그 날고기의 얼굴에서 극대화된다. 그 고기의 얼굴은 자신의 것인 듯하면서도 아닌 모습이다. 그 얼굴이 누구의 것인지 모르겠다는 것은 영혜 자신의 검열 결과이기도

---

5. 재경험이란 사건과 관련된 회상, 이미지, 생각, 지각, 꿈, 플래시백 등이 반복적으로 나타나는 것이다. 그런데 환자 대부분의 경우 재경험과 마비 사이에서 동요하는 증상을 보인다. 이를 이중 사고 혹은 해리라고 할 수 있다. 주디스 허먼, 최현정 옮김, 《트라우마》(플래닛, 2007), 16~17쪽
6. 주디스 허먼, 앞의 책, 170쪽

하지만, 회상이 지속적으로 방해받고 있다는 증거이기도 하다. 이러한 검열과 회상의 방해는 그 꿈을 꾸기 전에 남편이 영혜를 추궁한 사건과 관련지어 생각해볼 수 있다. 영혜를 추궁하고 억압했다는 점에서 영혜의 남편은 아버지의 모습과 겹친다.

영혜의 중얼거림과도 같은 내적 독백도 발설하고자 하는 욕구와 은폐하고자 하는 마음 사이의 이중 사고 혹은 해리의 영향이라고 할 수 있다. 특히 영혜의 독백에서 처음에는 그 내적 청자가 당신이라고 표현되어 있다가 차츰 그 표현이 사라지는 모습을 보이는데, 이것은 영혜의 트라우마가 깊어지는 모습이기도 하고 타자와 더욱 단절되어 자폐성이 짙어져가는 모습이기도 하다.

들뢰즈는 중얼거림의 주체란 유명론적인 이름, 나라고 말하는 습관일 뿐이고 실은 그 내용물이 하나도 없는 익명의 우리 누군가 혹은 그것이라고 말한 바 있다.[7] 영혜가 자신의 꿈을 표현하는 부분에서 얼굴의 주체가 자신인지 아닌지를, 본 적이 있는지 없는지를 혼돈스러워하는 것도 그 중얼거림의 특성과 관련이 있을 것이다. 게다가 점차 짐승의 소리처럼 표현되는 영혜

7. 서동욱, 《차이와 타자》(문학과 지성사, 2000), 240쪽

의 발화는 아르토가 말한 숨결로서의 말, 가공되지 않은 날것의 탈통사적인 기호[8]를 연상시키는데, 이 또한 로고스에서 떨어져 가는 영혜의 증상 중 하나이다.[9]

그러나 이러한 증상의 기원인 아버지가 영혜에게 가한 폭력은 구체적인 정보로 주어지지 않는다. 〈채식주의자〉에서는 영혜의 남편이 화자이므로 그 정보가 드러날 수 없고 영혜의 말은 의식의 흐름에 기대어 중얼거림으로만 제시되기 때문에 구체화될 수 없다. 또한 〈몽고반점〉의 초점 화자는 영혜의 형부이기 때문에 역시 영혜의 과거에 대해서는 간접적으로 전하는 방법밖에는 없고, 〈나무불꽃〉의 초점 화자는 영혜의 언니이지만 그녀 또한 외상의 기억에 대해 강하게 저항하며 억압했기 때문에 그 과거를 구체적으로 서사화하기에는 한계가 있다. 그렇기 때문에 영혜의 상처는 주변 인물들을 통해 간접적으로 암시될 뿐이다.

드니 뒤클로는 이 시대를 자기 자신을 먹는 사회, 혹은 세기말의 거대한 편집증으로 보기도 한다.[10] 먹는다는 행위는 반드

---

8. 질 들뢰즈, 김현수 옮김,《비평과 진단》(인간사랑, 2000), 200쪽
9. 작가가 영혜의 말을 기울임 글씨체로 표기한 것도 다른 인물의 발화와 차이를 부각시키기 위한 것이라 할 수 있다.

시 어떤 한쪽의 죽음 혹은 사라짐을 전제로 한다. 인간이 먹는 주체라고 할 때 인간이 취하는 것들에는 한계가 없어 보인다. 그런 점에서 영혜는 이것을 다른 생물에 대한 인간의 폭력으로 대치시켜놓고 있으며, 이 대치의 한쪽에는 먹다와 은유·환유 관계에 있는 아버지와 자신의 관계, 남편과 자신의 관계도 포함되어 있다.

꿈을 꾼 이후로 영혜는 육식을 하지 않는다. 육식에 대한 거부는 또 다른 트라우마의 가능성을 남기고 있다. 육식에 대한 거부는 식물적인 것이 아니기 때문이다. 거부는 다른 어떤 것보다 강한 의지의 표명으로 인간에게는 먹는 것보다 먹지 않는 것이 더욱 강한 의지와 동기가 필요하다. 먹지 않기 위해 그녀는 더욱 강한 투쟁을 해야만 한다.

〈몽고반점〉과 〈나무불꽃〉에서 영혜는 아예 자신이 동물이라는 것을 부정하지만 점차 그 부정한 것 자체를 다시 부정하는 듯한 행동을 보인다. 특히 형부와의 퍼포먼스 과정에서 파행을 겪은 이후 그녀의 비밀은 이중적이 된다. 아버지에게 받은 폭력

---

10. 드니 뒤클로, 〈자기 자신을 먹는 사회, 세기말의 거대한 편집증〉, 피에르 부르디외, 최연구 옮김, 《프리바토피아를 넘어서》(백의, 2002), 132~144쪽

에 이어, 형부와의 성관계를 언니에게 들키면서 그녀에게 또 다른 트라우마의 낙인이 찍히게 되는 것이다. 그러면서 영혜는 죄책감을 갖게 되고 자신을 더 억압하게 된다. 결국 그녀는 면죄받기를 거부하고 식물이 되려고 한다. 그런 점에서 영혜는 채식주의자에서 강박적 식물지향자가 된다고 볼 수 있다.

동물을 일차적으로 부정하면 온화한 채식주의자가 된다. 그러나 식물은 다른 식물을 먹지 않는다. 무언가를 먹어야 생이 유지되는 종은 결코 식물이 될 수 없다. 자신을 식물이라고 생각하면서 식물을 먹는 것은 동물로서 동물을 먹는 것과 형식적으로는 차이가 없다.

영혜도 점차 진짜 식물은 먹지 않는다고 생각하게 되어 자신의 채식주의를 부정한다. 이것은 먹는다는 것에 대한 절대부정이다. 식물은 동물에 대해 절대적인 타자이다. 따라서 영혜가 먹지 않기 위해 가족과 극단적으로 갈등하는 모습은 식물적인 영혜가 동물적인 영혜를 잡아먹고 있는 양상에 가깝다. 살아 있다(alive)의 이중부정이 절대긍정인 진짜 살아 있다가 아니라 산주검(undead)이라는 절대부정이 되는 것처럼, 동물(animal)의 이중부정은 동물로서의 식물(unvegetable)이라고 재고해볼 수 있을 것이다. 산주검이 살아 있지도 죽어 있지도 않은 비존재인 것처럼, 동물로서의 식물도 철저하게 타자화될 수밖에 없는 비존재이다. 영혜는 식물이기를 원했지만, 자신이 동물인 것을 너무나 잘 알고 있기 때문에 이를 견딜 수 없어서 무의식의 세계로 숨어버린 퇴행자가 된다.

이런 비존재로서의 양상은 한강의 전작과 차별화되는 점이다. 〈채식주의자〉 연작과 연장선상에서 언급되곤 하는 〈내 여자의 열매〉의 경우, 그녀는 완벽히 식물이 되기 때문이다.

그러나 판타지가 들어가 있지 않은 《채식주의자》에서는 식물로의 변신 욕망은 애초에 실패가 예정되어 있었다. 영혜는 동물적 몸짓으로 식물이 되고자, 혹은 자신과 타인들에게 스스로를 식물로 인식시키고자 하는 의지를 보인다. 그녀는 자신을 다 소모시킬 만큼 거세게 세상이 주는 상처에 저항해나간다. 그러나 힘을 다 소진시키고도 그녀는 식물이 되지 못한다.

결국 그녀는 먹을 수 없다거나 먹고 싶지 않다는 것이 아닌, 먹고 싶지 않고 싶다는 욕망을 가지게 된다. 그러다가 비등점을 넘게 되어 정말 먹을 수 없게 된다. 이때 그녀는 자신이 아직 살아 있는 것이 아니라 삶이 아직 살아 있다는 것을 깨닫는 기인처럼,[11] 혹은 엔트로피가 과열된 존재처럼 끊임없이 자신을 연소시킨다. 그러다가 마침내 인혜에게 자신이 동물이 아니며, 곧

말도 생각도 모두 사라질 거라고 말하게 된다.

인혜_과각성과 강박증

인혜는 상황을 제어하기 위해 더욱 성실하고 착하게 행동하려 한다. 그녀는 어렸을 때부터 아버지의 학대에 대한 방어 및 적응기제를 마련해놓고 있었다. 그녀는 영혜에 비해 아버지의 자극에 더욱 민감하게 반응하며 자신뿐 아니라 영혜까지도 보호해야 한다고 생각한다. 인혜의 내면은 이러한 과각성 상태로 있었지만 외적으로 조용하고 얌전한 상태를 유지하며 내적인 동요를 겉으로 드러내지 않았는데, 이는 주디스 허먼이 말한 '얼어붙은 경계라는 동의 상태'[12]와 일치한다. 인혜는 어렸을 때

---

11. 테오도르 아도르노, 김유동 옮김,《미니마 모랄리아》(도서출판 길, 2007), 264쪽
12. 학대받은 아이들은 끔찍한 적응 과제들에 직면한다고 한다. 아이는 어른이 제공하지 못한 보살핌과 보호를 자기의 힘으로 보상해야 한다. 아이가 가진 유일한 대처 방편은 심리적 방어라는 미성숙한 체계뿐인데 지속적인 위험의 기후에 적응하기 위해서 각성 상태가 지속되어야 한다. 학대 환경에 처한 아이들은 공격의 경고를 탐지하는 능력을 가질 수밖에 없다. 아이들은 학대자의 내적 상태에 즉각적으로 조율되어 있다. 이러한 비언어적 의사소통은 자동화되어 대부분 의식의 자각 너머에서 발생한다. 아동 피해자는 각성을 유발한 위험 신호를 명명하거나 확인하지 않은 채 이것에 반응하는 것부터 배운다. 주디스 허먼, 앞의 책, 169~175쪽

학대받은 사람들이 보이는 자신에게 요구된 것을 성취하고 절박하게 부모의 환심을 사기 위해 노력하는 사람의 전형이다. 그러나 이런 상태에서는 대개 그러한 노력을 하는 자기를 진짜가 아닌 거짓 자기로 인식하기 때문에, 어떤 성취도 자신의 것이 되지 않는다. 저하된 자기와 고양된 자기라는 모순된 정체성은 통합되지 못한다.[13]

통합의 실패는 타인에 대해서도 발생한다. 인혜는 남편에 대해 과도하게 이상화된 인상을 가지고 있다. 남편에 대한 인혜의 인상은 스스로에 대한 심상과 마찬가지로 모순되고 분리되어 있다. 아버지에 대한 상은 남편에게 전이되어 남편에게조차 경계를 늦추지 못한다. 남편 집안의 사람들이 의사 등 안정된 직업을 가지고 있다는 점에 마음이 갔다는 그녀의 표현은 그녀가 얼마나 안정과 안전을 원하는지 알려준다. 그렇기 때문에 인혜는 오히려 식물처럼 남편과의 잠자리를 견딘다. 묵묵히 남들처럼 세끼를 먹고 자의식 없이 주어진 일을 하고, 남들처럼 결혼하고, 결혼을 했으니 아이를 낳아 기르고 그녀는 그렇게 산다. 저항 없이 살아간다는 점에서 오히려 그녀가 상투적인 의미로

---

13. 주디스 허먼, 앞의 책, 185쪽

식물성에 가깝다. 인혜는 자신의 남편과 동생 간의 사건을 알고 난 후에도 별다른 기복 없이 살아가려 한다. 영혜 또한 그녀가 보살핀다.

이러한 그녀의 태도와 행동은 그녀의 강박증에서 기인한 바도 없지 않다. 억제하고 숨기는 것, 그러면서 성실하고 선한 사람으로 비춰지는 것, 그것이 그녀의 삶의 방식이다.

남편과 영혜의 사건은 그녀가 강박증을 인지하는 계기가 된다. 그 사건으로 인혜는 자신의 과거를 다시 되짚어보게 되고, 성실함이나 조숙함으로 생각했던 것은 비겁함이었고, 살아온 것이 아니라 견뎌온 것일 뿐이라고 재해석하게 된 것이다. 그러한 깨달음을 얻고 난 후 자신이 가지고 있던 것들과 자신의 공간에 대해 낯선 이물감을 느끼고, 삶 자체도 죽음에 가까운 삶이었다고 생각하게 된다. 그리고 이러한 내면의 상처들이 인혜 자신을 빨아들여서 결국은 자신의 존재 자체도 느껴지지 않는 상태에 이르게 된다. 하지만 인혜의 이러한 심리적 공황 상태조차도 그녀의 강박증과 죄의식을 넘어서지는 못한다. 인혜는 현실적으로 자신이 보살펴야 하는 동생 영혜와 어린 아들 때문에 스스로를 죽음으로 몰아넣거나 파멸시키지 못한다. 그녀는 마치 그녀의 이름 인(忍)혜의 주술에라도 걸린 듯 영(影)혜의 과

잉되어 있지만 실재가 될 수 없는 욕망과 그 욕망이 일으킨 사
건을 그녀만의 방식대로 추스르는 것이다.

인혜 남편
_트라우마를 동반하는, 혹은 트라우마의 흔적으로서의 예술

인혜의 남편에 대해서는 과거가 서사화되지 않았기 때문에
트라우마라고 할 만한 것이 나오지 않았다. 다만 트라우마의 흔
적이 예술로 이어지는 단서를, 그가 자살을 시도했던 영혜를 업
고 뛰면서 자신의 작업에 대해 떠올린 것을 토대로 유추할 수
있다. 이때 그는 스스로를 수단화시켜 기존 미술계에 등재되려
하였던 것에 환멸을 느낀다. 이런 환멸은 더 이상 예술을 하지
않거나 자신의 작업 노선에 대한 변화로 이어질 터인데, 그의
경우는 후자이다.

그는 정말로 돌아갈 수 없는 행동을 한다. 그것은 바로 처제
와의 성관계이며 이것은 바타유의 관점에서 볼 때 악행에 해당
한다. 바타유의 악행이란 역설적인 것으로 낭비와 소모로서의
삶이다. 바타유가 찬양한 악의 주체는 자신의 정열로 삶을 불태
우고 스스로를 예술에 희생한, 그들의 열정이 어떤 일을 위해

봉사하는 것을 거부한 사드, 포 또는 폴로베르 같은 예술가들이다 그들에게는 무아경의 순간이 중요했다. 그들은 예술을 위해 모든 것을 버리고 소모할 수 있는 사람들이었던 것이다.[14]

이러한 악을 유발시킨 영혜에 대한 그의 욕망은 제도와 규범 차원에서 용납될 수 없는 일이다. 그 때문에 그 자신도 분열 증상을 보인다.

그렇다면 그를 악으로 이끈 그 욕망의 정체는 무엇일까? 그 것은 예술과 실재를 동시에 포착하려는 욕망에 가깝다. 영혜는 예술의 원질료이기도 하면서, 모든 것을 버리게 만들 수 있는 실재이기도 하다. 영혜의 몸과 자신의 몸에 꽃을 그리고 성관계를 동반한 일련의 퍼포먼스를 통해 그의 예술과 욕망은 충족되어간다.

예술은 결국 그 대상을 소유하려 하지만 결코 소유될 수 없는 운명, 그 심연 사이에서 나오는 것이다. 특히 조형 예술에서 그 대상은 시공간적으로는 완벽하게 재현할 수 있을 것 같지만, 실제로는 불가능하기에 몸을 표현하는 시각 예술은 인간의 실존

---

14. 뤼디거 자프란스키, 곽정연 옮김, 《악 또는 자유의 드라마》(문예출판사, 2002), 292쪽

과 소외를 불가피하게 담을 수밖에 없게 된다.

그의 몸에 대한 시선은 얼굴에서 시작하는 것이 아니라 엉덩이의 몽고반점에서 시작한다. 그는 거기에 대한 감각 그 자체를 표현하려고 했을 것이다. 베이컨이 회화를 통해 감각 그 자체를 옮겼듯이 그는 우선 보디페인팅을 통해 질료를 변화시키고, 이를 다시 비디오라는 평면의 영상 화폭에 가두어진 프레임이지만 역동적이며 프레임 밖을 무한히 상상하게 만드는, 그 열린 프레임의 텍스트를 추구했을 것이다.

영혜의 몸은 그 자체가 캔버스가 되어 역설적으로 부제를 허용하지 않았고, 몸에 꽃이 다 그려지고 나서 그와 몸을 섞을 때조차 어떤 시선에도 방해받지 않았다. 설치된 카메라에 모든 것이 녹화되고 있었지만 카메라가 보는 주체가 아니다. 그림을 그린 주체인 그는, 비디오라는 매체를 통해 예술의 대상이라는 위치에 놓여 있다. 시각 예술이 대상에 대해 보는 것 이상을 할 수 없다는 한계를 벗어나, 그는 영혜를 보고 영혜의 몸에 직접 그리고, 그녀를 만지고 교합한다. 어느 한순간도 그녀가 부재하지 않는다.

이렇듯 예술적으로는 완벽하게 실재를 포획해낼 수 있었지만 그 행위는 도덕적, 제도적 측면에서 수용되지 않는 일이었기 때문에, 그는 예술 행위를 통해 트라우마를 입은 인물이라고 할 수 있다. 인간이란 삶의 균형적 재생산 과정을 추구하는 것이 아니라, 잉여에 집착하여 외상적 어떤 것으로 탈선해나가는 동물이라는 지젝의 명제[15]가 무색하지 않게 만드는 인물이다.

영혜와 그_주체와 절대적 타자

그리고 그는 영혜와 성교한다. 그들의 성교는 낙인을 나누는 행위이고 함께 걸어가는 것이었으며 그 순간에는 시선 밖으로 탈주했을지는 모르지만, 그것이 비디오테이프에 새겨지고 또 세상에 드러나면서 그들은 현실에 붙박게 된다. 그는 현실적인 모든 것을 잃게 되고 그녀는 정신병원으로 가게 된 것이다.

들뢰즈가 프루스트를 해석한 것을 통해 살펴보면, 그가 겪은 상처란 적합한 표상 없이 주어진 기호에게서 온 것이다.[16] 영혜는 바로 그러한 기호이다. 이 점은 그가 영혜와의 행위를 비디오에 담기 전 그린 스토리보드에서도 드러난다. 영혜의 꿈속에

---

15. 슬라보예 지젝, 최생열 옮김, 《믿음에 대하여》(동문선, 2003), 111쪽
16. 서동욱, 앞의 책, 111쪽

서처럼 그의 그림에도 얼굴은 없다. 그 이미지는 그에게로 왔고 영혜의 몽고반점과 불가해할 만큼 정확하고 뚜렷하게 인과관계로 묶여 있다고 그에게 각인된다. 그에게 온 신비하고 불가해한 그 이미지는 표상을 기다리는 비표상적인 것이며, 그 자신이 풀어가야 할 암호와도 같은 것이다.

그러나 그 암호가 풀린다면 영혜의 타자성은 삭제된다. 타자성을 밝히고자 하는 행동은 타자성을 사라지게 만드는 것이다. 이 타성이란 내가 결코 나의 것으로 만들 수 없는 타자로부터 온다. 영혜가 몽고반점을 가지고 있다는 것을 안 순간부터 영혜는 그에게 타자였고, 결국 그녀의 타자성을 밝히지 못했다는 점에서 적어도 소설이 끝나기 전까지는 타자이다.

그가 영혜의 타자성을 지킬 수 있었던 이유 중의 하나는, 그녀를 다의적이고 모순된 존재로 받아들였기 때문이다. 그녀는 식물을 지향하지만 그의 시선에서 그녀는 이중적인 존재이다. 나무이나 야생의 힘이 있으며, 답답하나 격렬하며, 그 격렬함을 자제하는 더 강한 힘을 발휘하고 있다. 그녀는 궁지에 몰릴 때는 마치 사나운 짐승 같으면서도 그녀의 육체는 욕망이 배제된 것처럼 보인다. 그는 영혜와 퍼포먼스를 계획하면서 꽃과 짐승과 인간이 뒤섞인 한 몸을 기대한다. 채식주의자인 그녀, 식물을 먹는 식물지향적인 육체, 그리고 그 육체에 담겨 있는 식물 같은 몽고반점, 이러한 모순된 이미지들에 또 다른 모순이 첨가되는데 그것은 바로 식물의 육체에 깃든 동물적 욕망이라는 것이다. 이것은 육질의 식물화에 다시 육화를 씌우게 된다.

영혜가 스스로를 식물로 인식하게 된 계기는 그와의 성교 혹은 성교합의 퍼포먼스 때문이었을까? 여기에 대해서는 그렇다고 확답을 내리기 어렵다. 그 퍼포먼스는 인혜가 등장하면서 냉각 과정을 거치지 못하고 끝나버렸기 때문에 성공적이지 못했다. 영혜는 인혜에게 끝내 이해받지 못하고 소외되었기 때문에, 영혜가 퍼포먼스 과정과 그 직후에 자신의 정체성을 찾아가는 듯한 모습은 돌연 폐색되어버린다.

영혜는 퍼포먼스 과정에서 자신을 괴롭히던 고기들의 정체, 즉 얼굴들을 보게 된다. 그것을 무서워하지 않게 되었다는 것은 신경증적인 강박에서 벗어나서 그와 관련되는 외상을 극복하고 있다는 의미이기도 할 것이다.

애무가 타인을 다시 태어나게 한다면, 또한 퍼포먼스가 제의적 성격을 가지면서 경계선적인 자아를 체험하게 하여 주체의 탈구축, 재구축과 봉합을 가능하게 하는 것이라면[17] 영혜와 그 사이에서 일어났던 일은 외상의 치유 과정을 동반하고 있다고

도 볼 수 있다.[18]

그러나 영혜의 이러한 퍼포먼스는 그 냉각 과정에서 파행을 겪는다. 그녀의 언니인 인혜는 결코 이해할 수 없는 행동이었고 결국 영혜는 정신병원으로 보내지게 된다. 그리고 완전히 병리학적 분열증과 강박증으로 고착되는 양상을 보인다. 영혜는 경계선적 혹은 유사 경계선적 장소에 거하는 것에 실패한 것이다. 퍼포먼스의 관점에서 보자면 그 과정에 필수적인 냉각의 과정을 제대로 거치지 못한 것이다. 그래서 오히려 그와의 성관계와 퍼포먼스는 오히려 치욕적이고 죄의식을 동반하는 사건으로 영혜에게 새겨졌고, 그녀는 새로운 정체성과 존재감을 얻지 못한 채 환상 속에 갇혀버린다.

요컨대 영혜는 타인, 혹은 적에게서 벗어나는 방법으로 처음에는 채식주의자 되기를, 다음에는 식물 되기를 그리고 그와 함께 퍼포먼스를 통해 경계선 경험하기, 혹은 기관 없는 신체에 가까이 가기를 취했지만 이러한 시도들은 병원으로 향하는 길

---

17. 리처드 쉐크너, 이기우 외 옮김, 《퍼포먼스 이론》(현대미학사, 2001), 118~119쪽
18. 빅터 터너의 제의적 연극은 액막이굿(exorcism)이나 신들림(trance)과 통하는 면이 있는데, 액막이굿이나 신들림 또한 경계선적 정체감을 토대로 한다는 점에서, 인류학적인 관점에서 영혜의 증상과 행위를 살펴볼 수도 있을 것이다.

에서 막혀버린다.

영혜와 인혜_상징적 동일시와 징후적 관계

인혜는 영혜가 낯설다고 생각하고, 영혜 또한 자신을 그렇게 볼 거라고 생각한다. 그러나 병원 사람들이 전해준 산속에서의 영혜 모습을 매우 구체적으로 떠올리는 자신에게 의아함을 느낀다. 〈나무불꽃〉 전반을 통해 이러한 모순적인 관계는 거듭된다. 인혜는 영혜를 이해할 수 없다고 생각하면서도, 또 영혜의 꿈과 그녀가 보지 못한 영혜의 행동을 너무나도 쉽게 생각해낸다. 그리고 영혜가 스스로를 나무라고 생각한다는 것을 알기 전에 이미 거대한 짐승들이나 불길들처럼 완강하고 삼엄하게 버티고 서 있던 나무들이 있는 산길을 영혜처럼 헤맨 적이 있었다. 그녀는 지속적으로 영혜를 이해하기 너무 어려워서 마치 타인처럼 느껴지는 순간도 있다는 말들을 하지만, 영혜의 꿈까지도 공감각적으로 상상해낼 수 있었다. 사실 영혜의 꿈과 이미지는 인혜에게도 재생된다. 영혜의 이야기를 들은 인혜는 영혜의 증상을 아주 쉽게 역전이시킨다. 그것은 두 사람이 같은 경험을 했었고 다만 인혜는 성공적으로 그것을 억압하면서 방어기제를 발동시켜놓고 있었으나 영혜의 이야기로 그 빗장이 풀린 것이다. 둘은 서로 깨진 거울을 바라보듯이 서로의 균열된 기억과 상처를 마주한다.

영혜의 꿈은 그래서 인혜의 꿈으로 이어진다. 꿈속 자신의 모습은 영혜의 이야기를 듣고 난 후 거울을 보는데 눈에서 피가 흐르는 형상을 하고 있다. 꿈속에서 영혜의 말은 짐승의 소리처럼 뭉개져서 들을 수 없고 자신의 눈에서는 피가 흘러서 그 모습을 제대로 볼 수가 없다. 인혜에게 영혜의 꿈이 투사되어 자신도 비슷한 꿈을 꾸게 되고, 인혜는 자신이 영혜를 낯설게 생각하는 것을 영혜에게도 투사시켜 영혜도 자신을 그렇게 생각하리라고 짐작한다.

이 때문에 인혜에게 영혜는 상징적인 동일시의 대상이다. 상상적 동일시는 자신에게 이상화된 타자를 모방하고 자신이 그렇게 되고 싶은 어떤 이미지와 동일시하는 것이라면, 상징적 동일시는 자신이 관찰당하는 위치와 자신이 스스로를 바라보게 되는 위치와 동일시하는 것이다.[19] 인혜는 영혜가 자신을 보는 눈으로 스스로를 본다. 그러나 그것이 현실 속에서 언제나 성공하는 것은 아니다. 또 상징적 동일시의 경우에는 자신이 그 타

19. 슬라보예 지젝, 이수련 옮김, 《이데올로기라는 숭고한 대상》(인간사랑, 2002), 3장

자와 동일시한다는 것에 대한 의식을 스스로 차단하고 그 타자와 자신은 다르다고 생각하기 때문에, 오히려 상징적 동일시의 대상은 언제나 자신과 거리가 있는 낯선 존재로 인식된다. 이러한 점 때문에 인혜는 자신과 너무나 비슷한 영혜가 자신과 다르다고 생각하며, 그녀가 낯설다고 느낀다.

이렇게 된 원인으로는 인혜와 영혜가 자매간이라는 점을 빼놓을 수 없다. 인혜는 자신과 비슷한 성정을 지니고 있고, 같은 환경에서 자라온 영혜가 정신을 놓아버린 것을 용서할 수 없다. 오히려 영혜를 너무나 잘 이해하며 영혜가 바로 자신의 또 다른 모습이기에, 또한 영혜가 있기에 자신과 자신의 삶이 안정된다는 사실을 긍정한 거라고 할 수 있다. 그래서 끝까지 영혜의 곁을 떠나지 않고 나무가 되려고 하는 영혜를, 영혜의 위치에서 바라본다.

어린 시절부터 인혜에게 영혜가 없었다면 그녀는 다르게 살았을 가능성이 있다. 인혜 자신의 말대로 자신이 영혜처럼 되어버렸을지도 모른다. 인혜에게는 실존의 텅 빔을 메우기 위해 영혜가 있어야 했고, 영혜를 보살피면서 자신의 자아를 일관성 있게 지켜나가야 했기 때문이다. 그런 점에서 영혜는 인혜에게 징후와 같다. 징후가 소멸되면 주체 자체가 분해된다. 인혜의 존재는 영혜라는 징후에 의존하게 되며, 따라서 그 징후 속에 외재화된다고도 볼 수 있다.[20] 그렇게 인혜와 영혜는 서로에게 한 쌍의 타자가 되는 것이다.

그러므로 소설의 마지막에 인혜가 본 그 나무는 영혜가 본 나무이면서, 영혜가 본 나무를 원망하는 인혜의 시선에 포획된 이미지라고도 해석할 수 있다.

영혜와 남편, 인혜와 남편
_소통 부재와 희생이 매개된 (비)관계[21]

영혜와 그녀의 남편의 (비)관계는 한눈에 감지된다. 세속적으로는 환자인 아내와 그녀를 책임지지 않으려는 남편 정도로 요약할 수도 있다.

〈채식주의자〉는 영혜 남편의 말과 영혜의 내적 독백이 병치되는데, 이것은 극단적으로 상반된 목소리와 스타일의 배치로서 서로가 서로에게 낯설고 이질적으로 보이게 만드는 효과를

---

20. 슬라보예 지젝, 주은우 옮김,《당신의 징후를 즐겨라》(한살림, 1997), 118쪽
21. (비)관계는 스피박 식으로, 관계가 형성되지 않는 것이 전제가 된, 외적이고 형식적인 관계라는 의미를 갖는다.

낸다.

　이 소설에서 유일한 일인칭 화자는 영혜의 남편이다. 소설에서는 영혜가 환유의 동력이지만 영혜는 초점 화자나 화자가 되지 못한 채, 단지 〈채식주의자〉에서 내적 독백이나 의식의 흐름으로 잠깐씩 목소리를 노출시킬 수 있을 뿐이었다. 영혜의 형부, 즉 인혜의 남편 또한 〈몽고반점〉에서 화자가 아닌 내적 초점 화자로만 기능했으며, 인혜 또한 마찬가지였다는 점을 생각한다면,《채식주의자》는 세 편의 단편들에서 가장 신뢰할 수 없는 화자들을 일인칭 관찰자로 내세움으로써 서사에서 미지의 부분을 남기게 되었다는 것을 알 수 있다.

　일인칭 화자인 영혜의 남편은 영혜에 대해 외부적 시각을 갖는다. 그녀의 병질을 자신의 삶에서 배제하고 싶고 그 때문에 인혜의 집에서 벌어진 아내의 자살 시도에 대해서도 외부인과 같은 시선을 취한다. 이 부분은 마치 삼인칭 관찰자 시점처럼 제시되어 있는데, 초점화라는 개념으로 보자면 외적 초점화인 것이다. 따라서 〈채식주의자〉는 일반적인 소설에서 잘 나타날 수 없는 일인칭 외적 초점화의 양상을 띤다고도 볼 수 있다.

　이 극단적인 일인칭 외적 초점화에 외상 환자의 서사가 삽입된다. 트라우마를 서사화한다는 것은 어떤 의미인가. 트라우마를 가진 사람은 자신이 겪었던 경험들을 파편화된 이미지로 각인하고 있다. 그것을 언어화하는 데는 매우 큰 고통이 따르고 이를 하나의 이야기로 복원하여 말하는 데에는 더더욱 큰 고통이 따르게 된다. 그래서 외상을 겪었던 사람의 이야기는 서사화되기가 쉽지 않다. 영혜의 목소리가 드러나는 부분이 겨우 의식의 흐름이나 파편화된 언어뿐인 것은 이러한 이유 때문이다. 이러한 극단적인 서술 양식의 대치는 영혜와 영혜 남편의 소통 단절의 (비)관계를 극명하게 나타낸다.

이러한 단절의 (비)관계는 인혜와 그녀의 남편 사이에서도 발견된다. 두 사람의 관계는 희생을 매개로 한 역설적인 (비)관계이다. 희생은 상대가 자신을 사랑하도록 만들어주는 요소를 자신이 소유한 것처럼 행동하는 방식이며, 희생의 오류성은 상대가 원하고 상대의 결핍을 채워줄 수 있는 그 요소를 바로 자신이 실제로 소유하고 있다고 전제하는 데 있다.[22] 따라서 희생 그 자체가 이미 오류이며, 희생을 매개로 한 관계는 마르셀 모스가 말한 양도 불가능한 선물을 주는 것과 같다. 선물하거나 증여하는 것이 가능하려면 완전한 망각, 즉 주는 이나 받는 이나 선물

---

22. 슬라보예 지젝, 최생열 옮김, 앞의 책, 80~81쪽

을 선물로서 인식하지 못하는 망각이 필요한데,[23] 인혜는 아무 것도 망각하지 못한다.

그녀는 어렴풋이 자신의 오류를 인식해가지만 그것을 내색하지 않는다. 그녀의 삶의 방식은 견디는 것이고 그렇게 견뎌낸 결과는 자기 환멸과 자학의 욕구이다. 그녀는 남편과 잠자리를 한 다음 날 환멸과 자학의 욕구를 느끼면서도 그것을 표현하지 않는다. 그런데 남편은 오히려 그러한 점을 갑갑하게 느낀다.

남편에게 희생하며 끊임없이 뭔가를 주려 하던 인혜가 자신의 남편과 동생의 성교 장면이 담긴 영상을 보면서 느꼈을 충격은 짐작하기 어렵지 않다. 영상의 이미지는 카메라와 외부의 이미지가 마주친 결과이다. 인간의 경우 지각은 일인칭이지만 카메라의 시점은 언제나 삼인칭이다. 카메라는 모든 것을 평범화시키는 눈을 가졌고, 본다는 의식 없이 평면의 양상으로 옮긴다. 그것은 시선이 없는 시선이며, 파인더로 대상을 잘라낸다는 점에서 의도하지 않는 폭력적인 눈이기도 하다. 두 육체만을 클로즈업으로 담는 영상에 소실점은 이미 지워져 있다. 두 육체의 움직임만이 포화상태가 되어 프레임 안을 꽉 메워갈 때 그 이미

---

23. 마르셀 모스, 이상률 옮김,《증여론》(한길사, 2002)

지는 기괴한 모습을 띠었을 것이다.

그래서 인혜는 남편에게 당신을 모르니까 용서하고 용서받을 필요가 없다고 생각한다. 영혜의 남편이 영혜를 모른다고 한 것이 책임을 지고 싶지 않다는 의도에서 나온 것이라면, 인혜가 남편을 모른다고 한 것은 상처받고 싶지 않으려는 의도에서 나온 것이라 할 수 있다. 동시에 용서라는 것을 매개로 그에게 또 다른 희생과 증여를 하여 거듭 발생할 수 있는 보상 욕구를 처음부터 차단했다고도 볼 수 있다. 이로써 인혜와 남편의 관계는 끊어졌다. 아이를 만나게 해달라는 남편의 전화가 있었지만, 그녀는 말없이 전화를 끊는다. 이렇게 인혜는 (비)관계를 청산하고 희생과 증여라는 개념이 들어설 자리가 없는 자신의 아이와 동생과의 관계에만 충실함으로써 자신의 삶을 살아낼 거라는 후일담을 예상할 수 있다.

트라우마의 서사화

《채식주의자》에서는 각 인물들이 모두 트라우마를 겪고 있다. 그리고 각자의 트라우마를 전이 혹은 역전이하며 살아간다. 그것은 다시 상대에게 이차, 삼차의 외상을 입힌다.

동물을 이중부정하고 먹는 것을 동물적으로 거부하는 영혜와 이런 동생을 강박증적으로 수용하려 하고 끊임없이 죄의식에 자신을 감금시키는 인혜, 이 둘은 상반되는 듯 보이지만 엄밀하게는 서로에게 징후이며 상징적 동일시의 관계를 맺고 있다. 영혜에게서 절대적 타자성을 발견한 인혜의 남편은 그녀를 통해 입게 된 트라우마를 예술로 승화시키려 하지만 그 과정이 또한 푼크툼과 악행을 동반하여 치명적인 트라우마를 남기게 된다. 그와 영혜는 애무 혹은 성관계가 개입된 퍼포먼스를 수행하지만 이것이 외부자의 시선에 노출되면서 도덕과 제도의 관점에서 재코드화되고, 결국 영혜는 정신병으로, 그는 파렴치한으로 사회에서 추방된다. 트라우마를 입은 이들은 다른 사람과의 관계에서도 파행을 겪는데, 영혜와 그의 남편, 인혜와 그의 남편은 각각 소통의 부재와 희생만으로 엮인 (비)관계 속에서 고통을 겪는다.

작가는 어떻게 하면 트라우마나 고통에서 벗어날 수 있는지 말하지 않는다. 오히려 작가 자신이 인물의 트라우마를 역전이 하면서 인물들의 고통을 겪어낸다. 작가는 소설 속 인물들의 치료자라고 말할 수 있지만 결국 실패하는 치료자로서 환자에게 역전이되고 있는 양상을 보인다. 물론 소설이 상처와 그 치유 과정을 다룬다 하더라도, 그것이 실제로 트라우마를 겪는 환자의 치료에 직접적으로 관련을 맺는 것은 아니다.[24] 오히려 작가는 일종의 간접적인 트라우마의 과정에 있다. 동시에 작가는 외상성 역전이가 가져온 존재론적 공황을 언어로 풀어내기 위해 끊임없이 탈역전이를 시도한다. 작가는 외상없이 서사의 환유를 끈질기게 연결시킨 것이 아니라 탈외상으로 트라우마의 안팎을 넘나들며 서사의 힘겨운 맥을 잡아간다.

이 소설에서 유독 내적 초점화가 많이 쓰인 것도 이와 같은 맥락에서 이해될 수 있다. 화자의 담론과 인물의 담론을 분리하는 경계선을 모호하게 하여 화자의 담론이 인물에게 자기의 목소리를 빌려주면서 그것을 떠맡고, 화자는 그대로 인물의 어조를 따르는 것이다.

화자가 작가의 분신이라면, 이때 작가의 보호막은 무엇이었을까? 작가에게 끝까지 글을 쓰게 한 것은 바로 쓰는 매체인 언어 자체가 아니었을까? 언어가 가진 불가피한 선조성 때문에 작가는 트라우마 그 자체에 함몰되지 않았을 것이다. 이것은 마

24. Kaminer, Debral, 'Healing processes in trauma narratives : A review', *South African Journal of Psychology*, Sep. 2006, Vol. 36 Issue 3, p.499

치 트라우마를 가진 환자가 이를 언어로 재구성하여 트라우마에서 벗어나는 것과도 유사하다. 영혜의 외상을 내적 독백으로, 인혜와 그의 외상을 내적 초점화로 서술하면서 그리고 외부적 시각인 영혜 남편의 서술을 병치하여 작가는 트라우마의 서사화를 꾀한 것이다.

* 이 글은 2008년 배달말학회의 《배달말》 제43호(289~317쪽)에 실린 논문 〈외상의 (탈)역전이 서사 : 한강의 〈채식주의자〉 연작에 관하여〉에서 발췌한 글입니다.

4장

주은경

〈채식주의자〉, 〈몽고반점〉, 〈나무불꽃〉
그리고 에코페미니즘

주은경

조선대학교에서 국어국문학으로 석사 학위를
받았고, 현재 고등학교 국어교사로 재직 중이다.

한강의 작품은 단순히 생태주의적 시각으로 접근하기에는 내포하고 있는 의미의 스펙트럼들이 광범위하며, 작품에 드러난 여성과 자연의 연결, 남성과 세계의 관계, 그로부터 파생되는 다양한 의미들이 매우 남다르다. 이 글에서는《채식주의자》의 주인공 영혜의 모습을 통해 육식을 거부하며 타자화되는 것이 에코페미니즘에서 어떤 의미인지 살펴보겠다.

더불어 채식을 통해 끊임없이 경계 넘기를 시도하는 주인공 영혜와 그런 영혜를 더욱더 고립시키는 세계, 그 둘의 대립을 통해 에코페미니즘의 한계와 지향점에 대해서도 논의할 것이다. 나아가 자연의 원리를 회복하고자 하는 영혜의 노력과 좌절된 식물에 대한 갈망이 어떻게 새로운 원리를 만들어내는지를 통해 에코페미니즘이 작품 속에서 어떻게 구체적으로 구현되는지를 살펴보겠다.

에코페미니즘과 채식의 연결고리

페미니즘은 지난 수세기 동안 사회, 정치, 인종, 계급 등의 다양한 문제와 결합하며 이론적 변형과 실천적 운동을 이끌어왔다. 그리고 이러한 이론적 변형의 한 갈래로 등장한 에코페미니즘은 생태 혹은 환경을 의미하는 에코(eco)와 페미니즘(feminism)을 결합시킨 복합 개념으로 여성과 자연을 동일하게 보는 학문이다. 이러한 결합은 여성과 자연, 남성과 문화 간 동치성(同置性)에 대한 직시 그리고 여성의 피지배성과 자연의 피지배성 사이의 상호 연관성에 대한 직시에서 시작되었다.[1] 에코페미니즘은 무분별한 개발이 가져온 문제점들이 서서히 모습을 드러내던 1970년대에 형성된 이론으로, 산업화와 근대화로 생태계가 파괴되면서 전 세계적으로 환경문제에 대한 인식이 높아가자 매우 중요한 이론으로 주목받고 있다. 문학은 현대 사회의 여러 문제점을 에코페미니즘과 결합하여 비판적으로 보여주고 있는데 에코페미니즘적 시각에서 문학을 재해석하려는 시도는 현재까지도 끊임없이 계속되고 있다.

그렇다면 에코페미니즘과 채식은 어떻게 연결되어 있으며,

---

1. 문순홍, 《에코페미니즘이란 무엇인가》(여성과 사회, 1995), 316쪽

그것이 의미하는 바는 무엇인가? 채식주의란 에코페미니즘에서 경계하는 남성 지배와 폭력을 거부하는 수단이며, 이를 통해 서로 교전하고 있는 세계와 남성에 대한 의존성을 동시에 거부하는 방법이다.[2] 그리고 채식주의를 통해 폭력 없는 세상을 구현해내고자 한다. 다시 말하자면 채식주의자가 된다는 것은 그동안 가부장제 구조 속에서 억압받던 여성이 자아를 깨닫기 위해 주체적으로 선택한 방법이다. 여성들은 음식 선택을 통해 남성이 만들어놓은 가부장제 질서를 거부하면서 자신의 신체를 통해, 그리고 채식주의를 선택하는 행동을 통해 페미니즘 이론을 실천했다.[3] 여성은 이렇게 채식을 통해 주체성을 회복하고 자연스럽게 남성 지배 문화 아래에서 해방되기 시작했다.

전통적인 페미니즘이 가부장적 질서를 비판하고 그것을 붕괴시키는 데 몰두했다면, 에코페미니즘은 전통적 페미니즘의 활동 범주를 넘어서서 환경오염이나 생태계 파괴 같은 환경문제와 인류를 접목시켰다는 점에서 괄목할 만한 업적을 이룩했다. 그러나 이러한 뛰어난 성과에도 에코페미니즘 역시 몇 가지 문

2. 캐럴 J. 아담스, 류현 옮김, 《프랑켄슈타인은 고기를 먹지 않았다》(미토, 2003), 239쪽
3. 캐럴 J. 아담스, 위의 책, 303쪽

제점과 한계가 있다. 우선 에코페미니즘도 전통적 페미니즘과 마찬가지로 세계를 지나치게 이분화하고 있다. 에코페미니즘은 남성을 도시나 문명, 이성으로 분류하고, 여성을 자연이나 감성으로 분류한 뒤 남성을 상위 개념, 여성을 하위 개념으로 인식한다. 남성과 여성을 이원화하는 페미니즘의 분류를 그대로 답습하여 이론의 전제로 삼는 것 자체가 남성과 여성을 차별적으로 인식한다는 의미다. 또한 가부장제의 질서 속에서 여성이 받은 소외와 억압에 대한 해결 방안으로 여성이나 여성성의 개념을 제시하는데, 이것 역시 그동안 남성이 저질러온 행위를 반복하는 것과 다를 바 없다. 남성이 중심이 되어 세계를 이끌었으니 이제는 여성과 여성적 원리가 중심이 되겠다는 에코페미니즘의 발상은, 남성의 여성 지배가 불합리하고 부당했듯이 여성적 원리로 돌아가는 세계 역시 남성 입장에서는 억압이 될 수 있다.

그럼, 에코페미니즘의 한계를 극복할 방법은 없을까? 그 대안은 오스트레일리아의 에코페미니스트인 발 플럼우드에게서 찾을 수 있다. 플럼우드는 '자연의 의지력을 인정하는 의지적 관점(intentional stance)'을 모든 억압의 근원이 되는 자연 지배의 전통을 깨뜨릴 방법으로 제시한다. 이 관점은 인간이 자연을 초

월하여 존재할 수 없고, 자연과 차이점뿐 아니라 공통점도 가진 채 지구에서 공존하고 있으며, 인간은 물론이고 자연에 존재하는 다른 존재들도 의지와 목적과 자주성을 가질 수 있음을 인정하고 존중하는 관점이다.[4] 한강은 이러한 플럼우드의 논의를 발전시켰다고 볼 수 있다. 인간과 자연이 자아의 본질을 깨닫고 스스로 주체성을 회복해야 현대 사회의 자연 파괴와 여성 억압 등과 관련된 수많은 문제를 해결할 수 있다는 사실을 보여주고 있다.

육식의 거부와 채식_〈채식주의자〉

한강의 작품집 《채식주의자》는 〈채식주의자〉, 〈몽고반점〉, 〈나무불꽃〉으로 구성된 연작 소설집이다. 그중 표제작인 〈채식주의자〉는 개성 있어 보이는 것을 두려워하는 세상에서 가장 평범한 여성인 영혜가 고기를 거부하고 식물을 먹는 행위를 통해 어떻게 삶을 재구성하는지를 여과 없이 드러낸다.

〈채식주의자〉의 아내 영혜는 헛간에 고깃덩어리가 걸려 있는

---

4. 이귀우, 〈생태 담론과 에코페미니즘〉(새한영어영문학회, 2001)

꿈과 누군가를 죽이는 꿈을 꾼 후 채식을 결심한다. 꿈은 트라우마와 밀접하게 연관되어 있으며, 따라서 꿈에 왜곡된 형태로 나타나는 형상들은 마치 죽은 자가 어떤 미불된 상징적 채무의 수금원으로서 귀환하는 것[5]과 같은 억압된 무의식의 결정체라고 할 수 있다. 문학에서도 꿈은 흔히 정신적 외상이나 억압된 실재를 드러내는 장치로 사용되는데, 영혜의 꿈 역시 누군가가 누군가를 죽이고, 죽임을 당하는 장면으로 가득 차 있다. 특히 시뻘건 고깃덩어리들과 마르지 않은 붉은 피는 살생이 가져온 처참한 흔적을 가감 없이 보여주기에 충분하다. 영혜가 이러한 악몽에 시달리게 된 원인은 바로 어린 시절의 기억 때문이다.

어릴 적 그녀는 자신을 물어 상처를 입힌 개를 먹은 적이 있다. 당시 아버지는 개를 오토바이에 묶어서 끌고 다녔고 그녀와 가족들은 그 개를 넣고 끓인 국밥을 먹었다. 영혜가 현재 악몽을 꾸는 것은 어린 시절의 그 기억 때문이다. 개에 대한 아버지의 폭력은 딸에게 트라우마가 되었고, 그녀의 의지와 관계없이 남성 주체가 강요했던 육식은 그녀를 채식주의자로 만드는 결정적인 역할을 한다. 육식은 아주 오래전부터 인류에게 전해온

---

5. 슬라브예 지젝, 김소연·유재희 옮김, 《삐딱하게 보기》(시각과 언어, 1995), 56쪽

생존의 방법이다. 자신에게 닥치는 위해 요소를 제거하여 앞으로 계속될 미래의 위해를 벗어나고자 하는 것이다.

영혜는 이러한 악몽에서 벗어나고 그동안의 육식 식습관에 대한 죄의식에서 벗어나기 위해 채식을 선택한다. 그녀는 꿈을 꾸고 난 뒤 냉장고에 있는 고기를 모두 버리는데, 영혜의 남편은 이런 영혜의 행동을 이해하지 못하고 타박하며 그녀를 육식 공동체의 타자[6]로 규정한다. 여기에서 타자는 여성뿐 아니라 남성들이 필요에 따라 마음대로 착취하거나 종속시킬 수 있도록 개방되고 변형[7]된 존재들을 모두 포함한다. 남편을 통해 타자화된 영혜와 마찬가지로 개는 아버지를 통해 타자화되어 폭력을 당하는 존재라 할 수 있다.

영혜가 채식을 하려는 이유는 수많은 육식 생명체들로 가득

---

6. 타자성은 어떤 한 존재가 다른 존재를 자신의 경험과 시선으로 규정하고, 그 다른 존재는 상대방이 내린 규정을 그대로 받아들여 스스로를 그 규정에 맞추어가는 것이다. 이런 타자화 현상이 일어나는 관계에는 예외 없이 권력이 개입되고, 권력이 있는 쪽이 주체, 없는 쪽이 타자가 된다. 이때는 주체의 체험이 권위를 가지며, 그의 이익을 우선적으로 고려한다. 그리고 타자는 주체의 체험을 바탕으로 만들어진 지식 체계를 그대로 자신의 것으로 받아들여 스스로를 소외시킨다. 한번 이런 틀이 만들어지면 그것은 모든 다른 제도에서와 같이 거대한 복합체로서 굴러가게 되므로 타자화의 구조는 여간해서 바꾸기가 힘들어진다. 조혜정, 《탈식민지시대 지식인의 글 읽기와 삶 읽기(1)》(또 하나의 문화, 1992)
7. 마리아 미스·반다나 시바, 손덕수 외 옮김, 《에코페미니즘》(창작과비평, 2000), 18쪽

차서 이미 타자화된 몸의 주체성을 회복하기 위해서다. 자신의 몸 안에 쌓인 수많은 생명들 때문에 자신의 육체가 주체성을 잃어가는 것을 깨닫고는, 자기 육체의 본질적인 실체를 찾기 위해 채식을 선택한 것이다. 이것은 또한 육식 공동체 속에서 아무렇지도 않게 일어나는 살생에 대한 문제 제기이기도 하다.

영혜가 채식주의자가 되겠다고 선언하면서 영혜는 더 이상 육식 공동체의 일원으로 받아들여지지 않는다. 그녀는 사회로부터 철저하게 타자화되어 고립되고 비난받는다. 채식을 하겠다는 선택은 단순히 개인의 문제로 끝나는 것이 아니라 사회가 오랫동안 지켜온 삶의 원칙을 흔드는 행위이기 때문이다. 영혜는 남편의 상사가 주관하는 저녁 모임 자리에서 철저히 타자화된다.

영혜 남편의 상사 부인은 육식은 본능적이고 자연스러운 것으로, 이 사회에서 정상적인 것은 육식주의자라고 강조하면서 채식은 본능을 거스르는 것이고 자연스럽지 않다고 규정한다. 영혜는 단지 고기를 먹지 않았을 뿐인데 영혜의 그러한 행동은 모임에 참석한 좌중의 기분까지 끔찍하게 만들어버린다. 피해자인 영혜를 순식간에 가해자로 만드는 이 잔인함은 가족 공동체 속에서도 예외 없이 드러난다. 가족 간의 관계는 자본주의라는 이 사회에서 보이는 대외적인 관계와 매우 다르다.[8] 그렇기 때문에 가족의 사랑이라는 이름으로 영혜에게 가해지는 폭력은 사회적 관계에서보다 더욱더 잔인한 형태를 보이게 된다.

가족 내에서 창출되고 유지되는 관계는 외부 세계, 특히 자본주의적 시장에서 맺는 관계와는 다르다는 믿음이 보편적이다. 그렇기에 가족의 사랑이라는 이름으로 영혜에게 가해지는 폭력은 우리 사회의 그것보다 훨씬 더 잔인한 모습으로 그 형태를 드러낸다.

언니의 집들이에 모인 영혜의 가족들은 그녀의 채식을 다른 어떤 사람들보다 완강하게 비난하고 부정한다. 육식을 거부하는 딸의 뺨을 때리는 아버지의 행동은 어린 시절부터 지속적으로 가해진 폭력을 통해 개연성을 갖는다.

아버지가 유독 영혜에게 손찌검을 많이 했다는 언니의 진술을 통해 그녀가 어린 시절부터 가부장제의 폭력에 고스란히 노출된 채 학대받아왔다는 사실을 알 수 있다. 가부장제 (patriarchy)라는 개념은 주로 성에 기초하여 권력이 배분되기

---

8. 배리 쏘온·매릴린 얄롬 엮음, 권오주 외 옮김, 《페미니즘의 시각에서 본 가족》(도서출판 한울, 1991), 29쪽

때문에 상대적으로 여성이 남성보다 낮은 지위에 놓이는 사회 제도나 남성 집단이 여성 집단을 지배하는 권력 구조이다.[9] 한국 사회에서 성을 이분화시켜 구별하는 문화는 유교적 가부장주의와 깊은 관련을 맺고 있다. 고려 시대까지만 해도 남녀가 비교적 대등한 지위에 놓여 있었으며 오히려 여성의 모성적 위치를 인정하던 문화였으나, 조선 시대에 들어서면서 유교가 도입되고 난 이후 성의 구분이 철저해지고 이는 여성의 정치적 위치뿐만 아니라 사회·문화 전반에 걸쳐서 여성의 지위를 심각하게 낮은 수준으로 끌어내렸다.

가부장제는 절대적 세습 권한으로 집안의 남자들에게 학습되고 유지된다. 할아버지에서 아버지로 이어지는 지배 권위를 보면서 집안의 남자 아이들은 언젠가 그 권력이 자신에게 올 거라는 사실을 본능적으로 알고 있고 아버지와 할아버지의 행동을 모방한다. 그리고 이러한 가부장적 권위는 가정 내에서만 머무르는 것이 아니라 사회 규범으로까지 확대된다. 유교적 가치관에 따른 성의 구분 및 가부장제의 권력은 서구화, 도시화의 진행 속에서 조금씩 약화되는 것처럼 보이지만, 그것은 사라지거

---

9. 사라 밀즈 외, 〈페미니즘 용어 사전〉《현대시사상》(1991), 144쪽

나 약해지지 않고 오히려 견고하게 내재화되어 강화되는 양상을 보인다. 그리고 이러한 가부장적 지배 질서는 여성에 대한 폭력으로 그 모습을 드러낸다.

마리아 미즈에 따르면 가부장제는 여성의 착취와 억압에 대한 역사적, 사회적 차원을 지시하는 용어로서, 여성에게 영향을 주는 억압적이고 착취적인 관계의 총칭이다. 미즈는 이 가부장제가 오늘날 보편적인 체제가 된 이유를 약탈, 전쟁, 정복과 같은 역사적 현상을 통해 설명한다. 왜냐하면 이런 현상들이야말로 가부장제를 팽창시킨 것들이기 때문이다. 구석기 시대부터 수렵을 통한 고기의 확보는 남성에게 권력을 부여해주었고, 현대 사회에서는 그렇게 부여받은 권력을 가진 남성에게 끊임없이 고기를 제공하는 것이 여성의 일이 되었다. 영혜 역시 가정의 권력자인 남편의 요구에 순응하여 맛있는 고기 밥상을 차려야 하는 가부장적 사회의 여성 역할을 충실히 수행해왔다. 그러나 채식을 선언한 후 남편의 상에 고기를 차리지 않고 고기 냄새가 난다면서 남편과의 성행위도 거부한다. 이것은 더 이상 남성의 지배를 받지 않겠다는 저항의 몸짓이다. 영혜를 대하는 남편의 모습에서도 확인할 수 있듯이 남성은 자신에게 주어진 권력을 당연한 것으로 받아들인다. 그리고 지배를 거부당하자, 지금까지 자신의 아내였던 여자에 대해 자신이 아무것도 몰랐다면서 부정하고 미쳤느냐는 말로 강한 분노를 표출한다.

　마리아 미즈, 캐럴린 머천트 등의 에코페미니스트들은 남성이 여성의 몸을 통제하면서부터 여성에 대한 학대가 더욱 심각해졌으며, 여성은 근대 사회의 주체가 될 기회를 박탈당했다고 역설한다. 여성이 근대 사회에서 필연적으로 타자가 될 수밖에 없는 이유가 바로 이것이다. 땀구멍 하나하나에서 고기 냄새가 나는 남편이 성관계를 강요하는 것과 어린 시절 오토바이에 살아 있는 개를 매단 채 질주하던 아버지에게서 나던 냄새는 타자화된 여성과 다른 동물에게 가해지는 폭력의 냄새이다. 플럼우드는 서구 철학의 이항 대립에서 언제나 우세한 쪽은 이성과 연결시켰고 열등한 쪽은 자연으로 표현했다면서, 이러한 이원론을 식민지화의 논리라고 명명했다. 중심에 있는 이성적인 주체는 대조와 배제를 통해 타자를 주변화하고 지배자가 된다. 그녀는 플라톤 철학에서 이와 같은 이성과 지배의 결합을 발견한다. 여기서 주인 주체(master identity)는 여성뿐만 아니라 노예(인종, 계급, 성차별의 복합체), 동물, 자연을 차별하고 배제하면서 구성된다.[10]

　영혜가 육식을 거부하고 채식을 하는 것은 가부장제 아래 아버지의 지배와 사회에 퍼진 남성 권력에 대한 거부를 상징한다. 즉, 남성 폭력에 저항하는 주체적 의지의 발현이다. 이것은 비단 남성이 행하는 폭력만을 이야기하지 않는다. 육식 공동체 속에 포함되어 자의든 타의든 육식에 길들여진 가족 구성원들은 하나가 되어 영혜를 철저히 타자화시킨다. 같은 성의 어머니조차 모성애라는 이름으로 거짓말을 하면서까지 흑염소즙을 먹이려 하고, 언니 역시 영혜가 어린 시절 좋아하던 고기 요리를 강요한다.

이렇게 타자로 취급된 영혜는 자신의 채식 권리가 거부당하자, 스스로 손목을 그으며 육식을 강요하는 가족들에게 강하게 저항한다. 이렇게 가족과 사회라는 이름의 공동체에게 일방적으로 가해지는 폭력을 거부하고 부정하는 영혜의 행위는 가부장적 문화에 대한 거부뿐만 아니라 무분별하게 자행되는 생태계 파괴에 대한 경고이기도 하다. 왜냐하면 가부장제 문화가 생태 파계의 가장 근본적인 원인이기 때문이다. 가부장제를 유지시키는 물질적 기반은 자본주의와 연결되어 있다. 남성들은 이 자본주의의 유지, 발전을 위해 여성의 역할을 축소하고 자연환

10. 이귀우, 앞의 책

경을 훼손해왔다. 그리고 이에 따른 문제점이 현대 사회에서 표면적으로 드러난 것이 여성과 자연의 학대이다. 그래서 이에 대응하는 영혜의 채식은 그동안 종속되어 있던 가부장제와 근대화로부터 독립을 선언한 거라고 할 수 있다.

육체의 결합을 통한 가치의 회복_⟨몽고반점⟩

채식이 육식 공동체의 경계를 허물고 가부장제의 근간을 교란하는 정치적 실천의 의미를 가졌다면, 이제는 그 경계를 허물지 못한 여성이 어떤 모습으로 세계에 드러나는가를 살펴볼 필요가 있다. 자해를 한 후 병원에 누워 있는 영혜에게 어머니는 네 꼴을 보라고 하면서 고기를 먹지 않으면 세상 사람들이 너를 잡아먹을 거라며 울부짖는다. 사회는 고기를 거부하고 나아가 남성을 거부하는 여성에게 무자비한 폭력을 휘두르고, 사회 구성원이 아닌 아웃사이더로 규정하며 사회 밖으로 내몰아버린다. 더 이상 한 사회의, 한 공동체의 일원이 아니게 된다. 에코페미니즘이 지향하는 자연과 인간의 화해, 사랑, 결합이 이뤄지지 않는 것이다. 그러나 연작 소설집 《채식주의자》에서는 채식을 넘어 거식으로, 또한 나무가 되고자 하는 영혜의 독백들을 통해 사회가 치유되고 새로운 원리의 질서가 세워지기를 희망한다.

연작 소설의 2부인 〈몽고반점〉에서 영혜는 비디오 아티스트인 형부의 작품 모델이 된다. 형부는 영혜에게 아직도 몽고반점이 남아 있다는 아내의 말에 강한 성적 흥분을 느낀다. 한강의 소설 속에서 여성과 식물의 이미지는 동일시되어 나타나는데 이러한 이미지는 남성이 여성을 지배하고 억압하기 이전의 자연을 의미한다.

여성과 자연의 동일화를 통해 한강은 소설 속에 등장하는 여성에게서 식물성의 이미지를 자연스럽게 환기시킨다. 영혜의 몽고반점과 식물성을 연결시킬 뿐만 아니라 여성과 자연의 동치는 한강의 다른 작품들 곳곳에서도 드러난다. 이러한 식물성의 양상은 한강의 소설을 에코페미니즘과 관련짓는 매개가 된다. 또한 형부는 몽고반점에 강한 자극을 받는데, 이것은 남성 역시 남성과 여성으로 이원화되기 이전, 한쪽이 다른 한쪽을 지배하고 지배당하지 않는 이전의 평화로운 세계를 갈망한다는 증거이다. 남성의 이런 깨달음은 여성이 자아의 본질을 깨닫고 주체성을 회복하는 과정에서 매우 중요한 역할을 한다. 이는 형부가 영혜의 몸에 꽃을 그리는 과정을 통해서도 확인할 수 있다.

그는 영혜에게서 단순한 성욕이 아니라 근원을 건드리는 뭔가를 느낀다. 그것은 바로 식물성의 인식이다. 여성을 매개로 주체성을 깨닫게 되는 것이다. 세계의 중심부에서 여성을 타자화시키는 지배 권력을 통한 인식이 아니라 여성과 동등한 위치, 자연과 분리되지 않은 위치에서 세계를 인식한 것이다. 사회가 만들어낸 형부와 처제라는 도덕적 관계 속의 결합이 아닌 인간과 인간의 결합, 나아가 자연과 인간의 결합을 의미한다. 즉, 그것은 여성의 관능과 성적 에너지, 소중한 생명력과 같은 것으로 여성으로 하여금 생명을 사랑하고 축복하게 해주는 에너지[11]다. 형부는 비디오 아티스트라는 직업을 가진 예술가이다. 예술은 본질적으로 영성의 개념과 가깝기 때문에 영혜에게서 뿜어져 나오는 자연에 가까운 힘을 감지한 것이다.

형부는 처제의 몽고반점을 통해 꽃의 이미지를 떠올리게 되고 영혜 역시 자신의 몸에 꽃을 그리는 작업에 만족해하며 꽃을 그린 형부와 결합하기를 강렬히 원한다. 그녀는 자신의 몸에 그려진 꽃이 지워지지 않았으면 좋겠다고 말하고 형부의 몸에 뒤덮인 꽃을 갈망하고 그 꽃과 결합하기를 원한다. 꽃과 나무로

---

11. 마리아 미스·반다나 시바, 앞의 책, 30쪽

대표되는 자연의 일부가 되어 여성을 구속하고 억압하는 세계에서 벗어나기를 갈망하는 것이다. 그러나 영혜는 자연으로 회귀하기를 원했을 뿐, 남성과 여성의 육체적 결합을 바란 것은 아니다. 형부와의 섹스나 자신의 모습이 고스란히 담길 비디오 작업은 그녀에게 어떠한 의미도 없다. 이는 꽃을 그리지 않은 상태의 형부는 거부하면서도 꽃을 그린 형부는 자연스럽게 받아들이는 부분을 통해 확인할 수 있다.

영혜는 채식을 통해 가부장적 이데올로기에 일차적으로 저항했다. 이것은 사회의 금기를 위반하는 행위이고 금기를 위반한 영혜는 그 대가로 철저히 타자가 되었다. 그러나 그녀는 타자가 된 자신의 상황을 인정하고 이해하며, 또 다른 금기의 파괴를 시도한다. 형부와의 섹스는 그녀의 이차적 저항이라고 볼 수 있다. 남성의 몸에 정복당한 무기력한 여성으로서가 아니라 자아를 벗어던지고 식물과 동화되기를 갈망하는 또 다른 식물로서 하는 행위이다. 뤼스 이리가레는《하나이지 않은 성》에서 여성의 성이 지금까지 가부장제를 통해 규정되어왔기 때문에 여성은 자신의 본래적 여자다움을 느낄 수 없게 되었고, 단지 남성다움의 매개변수를 통해 이론화되어왔다고 주장한다.[12] 영혜의 욕망은 본래의 자아를 회복하고자 하는 의지이며 남성의 식민화에 대한 거부이다.

영혜는 채식 때문에 타자로 규정되어 사회가 만들어놓은 체제의 금 밖으로 물러나 있지만 형부의 경우는 다르다. 예술가라는 직업적 특성 덕에 영혜 주변의 다른 누구보다도 먼저 그녀의 식물성과 그녀에게서 흘러나오는 자연의 힘을 깨닫지만, 원하기만 한다면 그는 여전히 가부장제 질서 속에서 권력을 행사할 수 있는 존재이다. 그런 상황에서 기득권을 포기하고 스스로 금 밖으로 걸어 나가기란 쉽지 않았을 것이다. 영혜를 통해 보았듯이 타자화된다는 것은 얼마나 두려운 일인가?

그는 자신이 앞으로 하게 될 행동이 올바른 것인가에 대해 고민하고 자신을 자학한다. 이것은 처제와의 결합을 기존의 사회적 관념의 틀 속에서 사고하고 있기 때문이다. 결국 꽃과 결합하기를 원하는 처제의 마음을 알아낸 뒤, 자신의 몸에 꽃을 그리고 처제를 찾아가 육체적인 결합을 하는 모습에는 여성과 자연에 대한 진정한 이해와 배려는 사라지고 동물적 본성만이 남아 있다. 현대의 남성들을 위한 제3의 공간은 여성, 엄밀히 말해서 여성의 육체이다. 여성의 육체는 대다수 남성의 욕망이 투사

---

12. 이수자,《후기 근대의 페미니즘 담론》(도서출판 여이연, 2004), 104쪽

되는 스크린이다.[13]

영혜의 육체를 탐하는 형부의 모습은 남성에게 식민화되는 자연의 모습이다. 여성의 몸을 지배하려는 것은 곧 자연을 정복하는 과정과 동일하다. 마리아 미즈, 캐럴린 머천트 등의 에코페미니스트들은 남성이 여성의 몸을 통제하면서부터 여성에 대한 학대가 더욱 심각해졌으며, 여성은 근대 사회의 주체가 될 기회를 박탈당했다고 주장한다. 여성이 근대 사회에서 필연적으로 타자가 될 수밖에 없는 이유가 바로 이것이다. 둘의 결합은 겹쳐진 꽃의 모습이 아니라 꽃을 해하는 짐승의 모습이다. 이는 어린 시절 영혜에게 개고기를 먹이던 아버지와 아저씨들, 자신에게 고기 공급이 끊기자 영혜를 미친 사람 취급하던 남편의 모습과 동일하다. 형부는 영혜의 육체를 정복하여 영혜를 소유하고자 한다. 이러한 소유욕에는 영혜에게서 뿜어져 나오는 자연성에 대한 깨달음이 전제하고 있지만 형부 역시 영혜를 타자화시키는 가부장들 중 하나일 뿐이다.

육체를 통한 세계와 관계 맺기는 그 자체가 여성을 남성의 지배 아래 식민화하는 과정이기 때문에 가부장제의 권력에 맞서

---

13. 마리아 미스·반다나 시바, 앞의 책, 172쪽

서 여성적 원리를 회복하는 일은 결코 쉽지 않다. 영혜의 언니는 덩굴처럼 알몸으로 얽혀 있던 두 사람의 모습을 성적인 것으로 기억하지 않는다. 꽃과 잎사귀, 줄기들로 뒤덮인 두 사람의 모습을 보면서 마치 사람이라는 틀을 벗어나려는 몸짓으로 보였다고 진술한다. 이것이 바로 영혜가 원한 모습이었을 것이다.

사람의 모습이 아닌 것처럼 보였다는 언니의 말을 통해 보자면 주체성을 찾고자 하는 영혜의 노력이 절반은 성공한 것이다. 영혜는 형부와의 섹스를 통해 동물적 쾌락을 추구한 것이 아니다. 자신의 몸에 그려진 꽃과 식물의 줄기를 통해 자신의 몸을 재형상화했고 그러한 영혜의 몸은 인간의 육체라는 틀을 벗어난 것이다. 자연과 완전한 합일을 이루기 위한 과정, 다시 말해 자연이 되고자 하는 주체의 노력은 몸의 재형상화를 통해 나타나는 것이고 이것은 영혜가 나무가 되기 전 단계에 해당한다. 남편과의 섹스는 거절하면서 형부와의 섹스는 적극적으로 행하는 영혜의 모습을 통해 자아의 주인으로서 욕망을 표출하는 여성의 모습을 확인할 수 있다.

근대 사회에서 여성의 성은 소비의 대상, 정복의 대상이었다. 이렇게 수동적일 수밖에 없던 여성이 자신의 욕구를 분출하고 스스로 결정하는 것은 세상에 가부장적 한계를 드러내는 동시에 억압에 저항하는 몸짓이라고 할 수 있다. 그러나 경계를 넘고자 하는 영혜의 소망은 그리 쉽게 실현되지 않는다.

새로운 원리를 향한 희망의 몸짓_⟨나무불꽃⟩

에코페미니즘이 지향하는 가치는 혼자만의 노력으로 실현되지 않는다. 영혜와 남편이 치료가 필요한 사람들이라는 언니의 말을 통해 에코페미니즘의 가치를 실천하려면 얼마나 많은 사람들의 이해와 참여가 필요한지 보여준다.

남성과 여성의 섹슈얼리티 경계를 넘어 영성을 실현하고자 했던 영혜의 소망은 경계를 넘지 못한 자들의 외면과 질시 속에서 또 다른 대안을 향해 나아간다. 타자성의 상황은 여성이 현실에서 한 발자국 뒤로 물러나서 가부장제라는 사회제도가 사람들에게 부과하고 있는 규범, 가치, 실행들을 비판하게 한다. 그러므로 타자성은 억압되고 열등한 상황과 관련되어 있지만 그러한 상황을 뛰어넘어서 오히려 관대함, 다원성, 다양성 그리고 서로 간의 차이점을 허용하는 사고방식과 존재 방식이라는 가치를 지닌다.[14]

영혜는 육식이라는 지배 문화의 가치를 강요당하면서도 채식의 가치를 실현해간다. 이는 육식 문화를 주도해나가는 남성에 대한 비판뿐만 아니라 육식 문화 속에서 남성들의 가치에 동화되어버린 여성들에 대한 비판까지 포함한다. 영혜는 이제 채식을 넘어 식물이 되고자 하며, 이를 통해 경계 허물기를 시도한다. 영혜의 채식이 남성과 여성, 자연과 문명의 경계를 넘고자 하는 시도였다면 나무가 되고자 하는 영혜의 소망은 그 경계 자체를 허물고 자연과 완전한 합일을 이루려는 시도이다. 이것은 세계에 대한 자아의 모습이 간접적이냐 직접적이냐의 단순한 문제를 넘어 주체의 자아실현과 밀접한 관련을 맺는다. 그리고 영혜가 주체성을 회복하는 것은 자연의 존재를 인지하면서부터이다.

나무를 향한 그녀의 시선은 식물이 되고자 하는 소망을 실현하게 되는 시발점이다. 그녀는 채식이라는 행위를 통해 지배 문화에 저항하려 하지만 세상은 그녀를 더욱더 고립시킨다. 다름을 인정하지 않는 현대 문명은 그녀의 남다른 행동에 대해 경계를 늦추지 않는다. 가부장적 폭력의 피해자인 영혜는 더 이상 현대 문명 속에 존재할 필요를 느끼지 못한다. 이에 자연으로

---

14. 로즈마리 푸트남 통, 《페미니즘 사상》(한신문화사, 1995), 345쪽

회귀하는 것을 넘어서서 자신이 곧 자연이 되어 여성 해방, 자연 해방 그리고 인간 해방을 꿈꾸게 된다.

에코페미니즘이 지닌 한계를 극복하려면 남성과 여성을 이원화하여 분류하는 작업에서부터 벗어나는 것이 일차적인 과제이다. 그리고 이렇게 남성과 여성의 분류에서 벗어났다면 이제는 인간과 자연을 구분하는 이분법적 사고에서 벗어나야 한다. 여성＝자연의 개념이 아니라 인간＝자연이라는 개념이 정립되어야 한다. 왜냐하면 여성이 자연과 동일하다는 주장은 여성적 본성론을 받아들이게 하는 한계를 지니고 있기 때문이다. 일반적으로 여성의 특성으로 일컬어지는 자연성, 생산성, 포용력, 협력은 여성에게 본질적으로 내재된 특성이 아니라 사회, 문화적으로 규정되고 획득된 이미지다. 이렇게 남성 중심적 세계가 규정한 여성의 특성에서 벗어나 주체성을 회복하려는 실천적 행동이 바로 식물 되기다.

영혜는 채식을 실현하려고 무던히 노력하지만 자신의 힘만으로는 가부장제라는 거대한 가치를 무너뜨릴 수 없다는 사실을 깨닫는다. 그러나 그녀는 이러한 깨달음 속에서 좌절하지 않고 오히려 희망을 엿본다. 그리고 그 희망을 나무 되기로 실현한다. 그녀에게는 더 이상 어떤 음식도 필요하지 않다. 나무에게 필요한 햇빛과 물만 있으면 된다. 나무가 된 그녀의 눈은 빛나고 있고 환한 미소가 얼굴에 번진다. 나무가 되기를 소원하던 영혜는 마침내 땅속으로 흡수되고자 한다. 여기서 우리는 땅이라는 개념에 주목할 필요가 있다. 땅은 자연과 사회 속에서 삶의 재생을 위한 조건이다. 그것은 생물적 삶뿐만 아니라 문화적, 영적 삶의 재생산을 위한 자궁이다.[15] 나무가 크기 위한 자양분에는 햇빛, 물, 바람 등 다양한 요소가 있지만 그중에서도 흙, 다시 말해 땅의 역할이 무엇보다도 중요하다고 볼 수 있다. 나무가 뿌리박고 있는 흙에 따라 나무의 성장이 달라지기 때문이다.

이것은 우리가 살아가는 사회와도 같다. 사회를 구성하는 가치가 어떠하냐에 따라 사회를 구성하는 개인들이 주체적으로 자아를 인식하느냐 못하느냐가 결정되기 때문이다. 여성들에게는 자신, 특히 자신의 신체에 대한 결정권이 부여되지 않았으며 남성들에게 점령된 영토로서 여성의 신체는 남성의 소유로 취급되었다.[16] 그동안 여성은 주체로서가 아니라 누군가의 소유물

---

15. 마리아 미스·반다나 시바, 앞의 책, 134~135쪽
16. 마리아 미스·반다나 시바, 앞의 책, 271~272쪽

로서 존재했다. 영혜가 나무가 되는 것은 이제 그 어떤 남성의 소유도 아니라는 공표이자, 자아를 스스로 결정하겠다는 자기 결정권을 획득하는 순간이다.

여성에게 자기 결정권의 획득은 그것이 정신적이든 육체적이든 관계없이 기존의 가치 체계에서 해방되는 것을 의미한다. 가부장제 사회 속에서 억압받는 여성의 해방을 위해, 개발이라는 명목하에 자행되는 자연에 대한 폭력을 극복하기 위해 영혜는 자연이라는 자신의 주체성을 회복하고자 한다. 다시 말해 세계에 대한 주체적 인식을 자신의 신체를 통해 실현한 것이다.

그러나 나무가 된 영혜를 바라보는 타자의 시선은 다르다. 세상의 눈에 비친 영혜는 음식을 거부하고 자신이 나무라고 생각하며 물구나무서 있는 미친 여자일 뿐이다. 경계를 허물고자 하는 영혜의 노력은 또다시 거대한 세계의 벽에 부딪히고 만다. 그녀는 변했지만 세상은 변하지 않았다. 주체성을 회복한 영혜를 여전히 타자로 취급하는 언니를 통해 경계를 허물고 지우는 일이 얼마나 힘든 일인지 다시 한 번 깨닫게 된다. 언니의 눈에 영혜는 세계로부터 버림받은 작고 연약한 존재일 뿐이다. 영혜의 언니는 가부장적 질서에 적당히 순응하며 살아온 존재로서 주체성을 상실한 지 오래다. 그녀에게는 자아를 제대로 인식하고 주체성을 회복할 계기가 없었다. 그러나 영혜의 채식과 식물 되기를 향한 몸짓을 통해 언니 역시 언젠가는 자아를 인식하게 되는 순간이 오리라는 것을 알 수 있다. 활활 타오르는 도로변 나무들의 초록빛 불꽃을 쏘아보는 언니의 날카로운 눈빛에서 자기 주체성을 회복할 때까지 멈추지 않을 거라는 사실을 읽을 수 있다.

인간과 자연의 화해 그리고 합일에 대한 희망

지금까지 한강의 《채식주의자》를 에코페미니즘적 시각으로 분석해 보았다. 작가는 소설을 통해 육식 공동체의 폭력을 여과 없이 드러냈으며, 타자화된 여성이 평화롭고 비폭력적인 방법으로 세계에 저항하고 에코페미니즘적인 대안을 제시하는 방법을 생생하게 그려냈다. 그리고 가부장제 질서 속에서 육식으로 대변되는 남성의 폭력에 저항하는 주인공 영혜를 통해 기존 질서를 비판하고, 더불어 새로운 시대의 지배 원리는 자연으로 회귀하는 거라고 말하고 있다.

기존의 페미니즘은 자연과 여성을 동일시하여 남성의 여성 지배를 비판하고 있다. 그러나 에코페미니즘은 이러한 이분법적 시선에서 한 걸음 더 나아가 성별의 차이를 밝히는 데 그치지 않고 현대 사회의 여러 문제의 원인을 밝히고, 남성과 여성의 화해, 자연으로의 회귀를 통한 새로운 지배 원리의 발견 등을 모색하고 있다. 이 글에서 에코페미니즘을 통해 남성의 여성 지배 원리를 살펴보고 여성과 자연을 해방시킬 수 있는 방법을 살펴보았다.

여성에게 가해지는 폭력이 자연과 밀접한 관련이 있다고 보는 인식은 한강 소설에서 중요한 모티브로 작용한다. 육식으로 대변되는 아버지, 남편 등의 남성들이 채식주의자가 된 영혜를 타자화시키고 고립시키는 과정을 통해 현대 사회가 여성과 자연에게 가해온 폭력을 비판하고 사회적 문제로 끌어올린다. 채식을 한다는 것은 단순히 식습관의 문제일 뿐만 아니라 기존의 지배 질서에 대한 저항이자, 새로운 패러다임을 제시하는 정치적 움직임이다. 또한 이것은 여성 해방에만 국한된 것이 아니라 여성, 자연, 동물 등 현대 사회가 타자화시킨 모든 대상의 해방 운동이기도 하다.

한강은 이러한 해방 운동을 영혜의 채식이라는 과정을 통해 여실히 드러낸다. 영혜는 비폭력적이고 인도적인 방법을 통해 세계에 저항하지만 육식 공동체는 폭력적이고 잔인한 방법을 통해 영혜를 억압하고 고립시킨다. 육식을 거부하는 영혜를 정신병자로 치부하는 그들 때문에 영혜는 세계와 화해하려는 마지막 움직임의 기회마저 차단당하고 박탈당한다. 그러나 영혜는 여기서 포기하지 않고 자신의 육체를 자연으로 회귀시켜 여성적 질서와 원리를 실현시키고자 한다.

에코페미니즘적 관점에서 문학작품의 분석은 단순히 이론적인 논의만으로는 충분하지 못하다. 다양한 사회, 문화적 분야와 에코페미니즘을 연결하여 하나의 거대한 담론으로서 현대 사회의 위기를 극복할 수 있는 실천적 대안의 핵심이 되어야 한다. 이러한 측면에서 볼 때 한강의 소설은 문학작품을 통해 새로운 세계의 원리를 구현하고자 하는 핵심으로서 의의가 크다. 또한 다양한 분야에서 에코페미니즘적 관점으로 새로운 원리를 제안하고 실천하는 기폭제가 될 것이다.

한강은 소설을 통해 폭력과 억압의 공동체를 화합하고 상처를 치유하는 새로운 삶의 질서를 구현하는 데 성공하고 있다. 소설을 통해 보여주는 한강의 메시지는 남성과 여성의 끊임없는 노력을 통해 언젠가 인간과 자연이 화해하고 하나가 되는 새로운 시대가 올 것을 보여준다.

* 이 글은 2012년 조선대학교 석사 학위 논문 〈한강 소설에 나타난 에코페미니즘 양상 연구 : 작품집 《채식주의자》와 《내 여자의 열매》를 중심으로〉에서 발췌한 글입니다.

5장

이귀우

《채식주의자》에 나타난
음식 모티프와 "소극적" 저항

이귀우

미국 뉴욕주립대학교(빙엄턴)에서 박사 학위를
받았고, 현재 서울여자대학교 영어영문학과 교
수로 재직 중이다. 현대 영미 소설을 전공했으며
포스트모더니즘, 페미니즘에 대한 논문을 주로
썼다. 지은 책으로《페미니즘 어제와 오늘》(공저)
등이 있으며, 옮긴 책으로《경마장의 함정》,《피
로 물든 방》등이 있다.

한강의 《채식주의자》는 표제작인 〈채식주의자〉와 〈몽고반점〉, 〈나무불꽃〉 등 세 편의 단편으로 이루어진 연작 소설집이다. 이 단편들은 육식을 거부하고 나무가 되기를 소망하는 영혜라는 인물에 초점을 맞추고 있기 때문에 에코페미니즘적 시각에서 접근하기 쉬운 작품이다. 그러나 《채식주의자》의 초점이 되는 인물인 영혜는 단순히 육식을 거부하는 것이 아니라 후기 근대 사회의 남성 중심적 문화와 자본주의 사회 문화에 저항하는 인물로 볼 수 있다. 영혜라는 초점 인물 자체보다는 각 단편의 화자인 남편과 형부 그리고 언니에게 영혜가 어떤 영향을 끼치는지를 분석해보면 겉보기에는 수동적이지만 실은 매우 적극적인 영혜의 저항의 의미가 잘 드러난다.

《채식주의자》는 후기 자본주의 사회를 배경으로 하고 있으며 여성 인물에 초점을 두고 있기 때문에 가부장적 문화가 부각되고 있다. 이러한 주류 문화에서 탈주하려는 영혜에 대한 반응은 그녀 주변의 세 인물에게 각기 다른 양상으로 나타난다. 영혜의 남편은 그녀의 기이한 행동에 거부감과 혐오감을 느끼지만 사회적으로 문제가 되지 않을 때까지는 관용으로 참아주며 문제를 봉합하려 하는 인물이다. 반면 영혜의 형부는 그녀의 원초적인 면에 매혹되어 그녀의 탈주를 흉내 내려 하는 인물이다. 그리고 영혜의 언니는 동생과 같은 아픔을 공감하고 있으나 이를 회피하고 외면하기 위해 동생을 정신병원으로 보내는 현실 도피적인 인물이다.

첫 번째 화자, 남편
_평범함 속의 폭력성과 이질적 타자에 대한 혐오

〈채식주의자〉의 일인칭 화자는 영혜의 남편이다. 남편은 순응주의자로서 자본주의 기업 문화에 철저하게 적응하는 인물이다. 그는 "과분한 것을 좋아하지" 않으며 자신의 평범한 능력을 "귀하게 여겨주는 회사에서 내세울 것 없는 월급이나마 꼬박꼬박 받을 수 있다는 데 만족"하고 처형이 분양받은 아파트를 부러워하는 소시민적인 면을 갖고 있다. 영혜를 선택한 이유도 자신이 군림할 수 있는 "세상에서 가장 평범한 여자"로 보였기 때문이며, 회사 일에 몰두하는 자신과 정서적 교류가 전혀 없어도 묵묵히 가사일을 충실히 해내는 점에 만족하고 있다. 그러나 아내가 갑자기 돌변하여 고기 요리를 거부하고 더 나아가 육식하는 남편의 몸에서 고기 냄새가 난다고 잠자리까지 거부하자, 이해할 수 없는 아내에게 분노하지만 처음에는 참아주는 모습을 보인다. 그러나 회사의 중요한 회식 자리에서 브래지어를 하지 않은 옷차림으로 나가서 고기 요리를 모두 기피하는 행동으로 상사들의 눈초리를 받게 되자, 더 이상 참지 못하고 장인에게 무슨 조치든 해달라고 요청한다.

영혜의 아버지는 그녀의 남편과 같은 이데올로기를 갖고 있는 인물이다. 철저하게 가부장적인 그는 영혜에게 충격적인 기억으로 남아 있는 개고기 사건의 주역으로, 그녀가 어릴 때부터 폭력을 행사해온 인물이다. 남편의 일인칭 서술 사이사이에 영혜의 파편적 내적 독백이 이탤릭체로 서술되어 영혜의 의식을 어느 정도 엿볼 수 있기 때문에, 독자들은 그녀의 육식 거부 이유를 짐작할 수 있다.

육식은 영혜에게 가부장적 문화의 폭력성을 상징한다. 월남전에 참전해 무공훈장까지 받고 영혜가 열여덟 살이 될 때까지 종아리를 때리며 키울 정도로 폭력적인 영혜의 아버지는 육질을 부드럽게 한다며 개를 오토바이에 매달고 죽을 때까지 끌고 달린 후 개고기 파티를 연다. 현재 영혜가 악몽처럼 기억하는 그 사건은 자신 안의 폭력성을 깨닫는 계기였고 자신도 육식의 폭력성에 동참했다는 죄의식을 심어주었다. 그렇기에 언니의 집들이에서 아버지가 강제로 고기를 먹이려 하자, 칼로 손목을 그어 자해를 할 정도로 강력하게 저항한다. 영혜가 명치가 답답해서 브래지어를 하지 않는 이유도 지금까지 "너무 많은 고기"를 먹었고, "그 목숨들이 고스란히 그 자리에 달라붙어" 있기 때문이다. 그녀가 잠 못 들고 악몽에 시달리는 것은 그녀 속에 존재하는 동물적 잔인성에 대한 이미지로서 "피 웅덩이에 비친 얼굴"이 떠오르기 때문이다. 그 얼굴은 자신의 일면이다. 영혜는 꿈속에서 누군가의 목을 자르고, 깨어나서는 비둘기와 고양이를 목 졸라 죽이고 싶은 충동을 느낀다.

영혜 아버지의 강압적인 조치도 효과가 없자, 영혜 남편은 아내에게 혐오감을 갖는다. 자신이 도저히 이해할 수 없는 존재에 대하여 놀람이나 당혹감을 넘어 구역질과 혐오감을 느끼는 것이다. 아내에 대한 혐오감을 영혜의 남편은 꿈속에서 아내의 배를 갈라 "길고 구불구불한 내장을 꺼내고 뼈와 근육을 모두 발라내"는 끔찍한 이미지로 형상화한다. 그도 동물적 잔인성을 갖고 있지만 이를 직시하는 영혜와 달리, 자신을 기만하고 은폐하기 때문에 꿈에서 자기가 죽인 사람이 누군지 깨어난 순간 잊어버린다.

　그는 아내가 병원 앞뜰에서 젖가슴을 드러내고 앉아, 그와 대부분의 사람들이 숨기고 있는 인간의 잔인성을 고발하듯 태연히 동박새를 물어뜯어 죽인 것을 발견한다. 그 순간 그는 더 이상 참지 못하고 아내와 관계를 완전히 끊어버린다. 영혜가 자신의 출세에 걸림돌이 될 뿐만 아니라 그가 감추고 싶은 인간의 적나라한 모습을 드러내는 존재이기 때문이다. 그는 자신이 평범한 회사원으로서 생산적으로 열심히 살고 있다고 자부하지만, 실은 약자를 잡아먹고 소화시켜 자신의 것으로 만들어내는 폭력적인 사회의 일부라는 것을 외면하고 싶은 것이다.

두 번째 화자,
형부_나와 다른 자를 향한 동경과 매혹

　〈몽고반점〉의 삼인칭 관찰자 시점인 형부는 영혜의 남편이 영혜를 혐오하는 지점 때문에, 다시 말해 영혜가 인간의 근원적인 모습을 드러내기 때문에 매혹을 느끼는 인물이다. 그런데 영혜의 형부에 대한 인물 분석은 간단하지 않다. 소설 속에서 그는 비디오 아티스트로 도덕과 윤리의 경계를 뛰어넘어 처제인 영혜와 성관계를 갖고 이를 비디오 작품으로 만들며, 그 과정을 절대적인 미를 추구하는 예술 작업으로 미화하여 그에게 일종의 면죄부를 부여한다. 그러나 결국 주류 문화의 경계를 넘지 못하고 영혜를 정신병원으로 가게 만든 원인 제공자라는 점을 고려하면, 자신이 구원해줄 수 없는 사람을 일방적으로 사랑한 인물이라고 보는 것이 더 적합하다.

소설 속 등장인물들 중에서 영혜가 가장 크게 영향을 미치는 사람이 형부다. 〈몽고반점〉과 〈나무불꽃〉을 연결하여 읽어보면 영혜의 언니인 인혜와 그의 부부 관계, 그의 예술관 등을 엿볼 수 있다. 그는 기존 권위 체계에 안착해 있는 인물로서 사회적으로 성공한 집안 출신에다가 헌신적인 부인을 만나 안정된 생활을 누리고 있는 중산층의 예술가이다. 그는 예술가로서 경제적 이익을 추구하지는 않지만 예술 작업을 그저 도피처로 이용하여 현실에서 얻을 수 없는 위안을 찾으려 한다. 자신의 취향에도 맞지 않고 "무언가 부족하다"고 느끼면서도 순종적인 인혜와 결혼했고, 아내와 아들에게는 무관심으로 일관하며 현실에서 안식처를 찾지 못한 채 자궁과 같은 욕조에 웅크리고 앉아 잠들거나 캠코더로 찍는 이미지들에서 의미를 찾으려 한다. 인혜는 남편이 자신에게 의지할 뿐 사랑하지 않으며, 그가 열정을 바치는 것은 예술 작업이라는 사실을 잘 안다. 남편의 예술 작품에는 현실 속 남편에게서 볼 수 없는 열정이 담겨 있기 때문이다.

인혜는 남편의 전시회를 처음 보고 그가 정말로 사랑하는 것은 지금까지 찍어온 이미지들이거나 앞으로 찍을 이미지들일 거라고 생각한다. 그의 일상은 "마치 수족관에 갇힌 물고기" 같은데 그의 작품들은 열정이 가득해서 이 둘 사이에는 깊은 간극이 존재하기 때문이다.

그러나 영혜의 저항 행동은 형부로 하여금 자신의 기존 예술 세계에 열정은 있었을지라도 치열한 생명력은 없었다는 사실을 깨닫게 한다. 형부는 영혜가 육식을 거부하며 손목을 긋는 사건을 목격하고 자신의 작업에 의문을 품게 된다. 열정적으로 작업을 했지만 결국은 기존 미술계에 진입하려는 노력일 뿐이었다는 사실을 깨달은 것이다. 그는 "스스로의 목숨을 쓰레기처럼 던져버리려" 한 영혜가 병원에서 응급치료를 받는 모습을 보며 "무언가가 탁하고 자신의 몸에서 빠져나가는 소리"를 듣는다. 그리고 지금까지의 예술 작업에 강한 환멸을 느끼면서 사회의 문제점들을 고발하려는 목적에서 편집했던 이미지들, 즉 후기 자본주의 사회에서 마모되고 찢긴 인간의 일상을 그린 이미지들이 사실은 진정성이 담기지 않은 진부한 영상이었다는 것을 자각한다. 그리고 자신이 과거에 그 이미지들을 미워하거나 그 것들에게서 충분히 위협당하지 않았던 것 같다고 생각한다. 그 리고 갑자기 그 모든 것이 자신을 구역질나게 하고, 위협하고, 숨을 쉴 수 없게 만든다. 그는 앞으로 작업을 오랫동안 하지 못 할 수도 있겠다고 생각한다.

형부는 사회적 이슈를 다루던 작업 노선을 바꿔 영혜에게서 느낄 수 있는 원초적 생명력을 작품에 담고자 한다. 슬럼프에 빠졌던 그에게 떠오른 이미지는 매우 관능적이고 파격적인 이 미지인데 몸에 꽃을 그린 남녀가 교합하는 장면이다. 이것은 처 제의 몸에 아직도 몽고반점이 남아 있다는 아내의 말을 듣고 영 감을 받아서 떠오른 이미지다. 몽고반점의 푸른색은 그에게 "태 고의 것, 진화 전의 것, 혹은 광합성의 흔적"을 연상시키며, 이 를 소유하는 것으로 근원적 생명력을 나누어 갖기를 원한다.

그를 절대미를 추구하는 예술가라고 긍정적으로만 볼 수 없 는 이유는 영혜와 정신적인 교감이나 소통도 없이 자신의 예술 적 비전을 실현하기 위해 여성의 몸을 이용한다는 점이다. 영혜 는 인간 사회의 폭력적 동물성을 벗어나 타자를 해치지 않는 식 물이 되고 싶고, 꽃을 그린 남성과 마치 꽃가루받이 과정을 닮은 성행위를 통해 현실에서는 얻을 수 없는 탈출구를 찾으려고 한 것으로 보인다. 그러나 이것이 단지 환상에 지나지 않다는 것을 알면서도, 그리고 현실로 다시 돌아왔을 때 영혜에게 어떤 파급 효과가 오리라는 것을 알면서도, 형부는 자신의 육체적 욕망과 예술적 욕망을 달성하기 위해 그녀의 몸을 이용한 것이다.

영혜에게 매혹되어 그녀를 따라서 인간 사회의 경계를 뛰어 넘으려 했으나 형부는 한계를 보인다. 영혜처럼 마지막 경계를 뛰어넘는 데는 실패한 것이다. 동생과 남편의 정사 장면이 담긴 비디오 내용을 보게 된 인혜의 신고로 정신병원 구급대가 도착했을 때, 그는 "지금 죽는다 해도 두렵지 않고" 베란다 난간을 "뛰어넘어 날아오를 수 있으며", 그렇게 죽는 것만이 "깨끗할" 거라고 머리로는 생각하지만 몸으로는 실행에 옮기지 못한다. 인혜도 남편에 대하여 작품 속에서는 날아오르는 이미지를 많이 사용했지만 "막상 자신은 가장 필요할 때 날아오르지 못했다"고 회상한다. 그가 경계를 넘는다는 것은 흉내 내기에 불과했기 때문이다.

세 번째 화자, 인혜

_순응과 외면으로 살아남은 약자의 시선

인혜는 영혜에게서 자신이 억압했던 부분들을 발견하기는 하지만 이를 외면하고 인정하지 않기 위해 격리 시설로 동생을 보낸다. 그녀 이름의 참을 '인'자가 상징하듯이 인혜는 가부장제와 후기 자본주의 사회에 순응하며 살아가는 인물이다. 순종적인 맏딸로 자라나서, 안정과 신분 상승을 위해, "교육자와 의사가 대부분인 그의 집안 분위기"가 좋아서 사랑한다는 확신이 없는데도 결혼했다. 그리고 화장품 가게를 운영하며 살림을 늘려 평수 넓은 아파트로 이사를 가고 아들을 착실하게 길러내는 현모양처인 인혜는 영혜와 정반대되는 인물이다. 심지어 남편과 동생의 사건 이후에도 영혜의 입원비를 대고 혼자 아들을 키우며 "성실의 관성"으로 적응해서 아무 일도 없었던 듯 살아가려 한다. 영혜를 병원에 입원시킨 것은 동생을 위해서라기보다는 동생을 외면하기 위해서다. 영혜가 상기시키는 모든 것을 견딜 수 없기 때문이다.

그러나 육식뿐만 아니라 모든 음식을 거부할 정도로 영혜의 증세가 심각해지자, 인혜는 억압되어 있던 자신의 내면을 직시하게 된다. 음식을 거부하면서 왜 죽으면 안 되는 거냐고 묻는 영혜의 질문에 자신의 과거를 회상하고 재해석하면서 동생의 마음을 이해할 수 있게 된다. 고지식한 영혜는 아버지에게 유난히 많이 맞았는데 자신은 생존의 방식으로 순종했기 때문에 매를 피했다는 것, 그래서 결국 자신의 성실함은 비겁함이었다는 것, 남편에게 참기만 했던 결혼 생활도 마치 죽음과 같았다는 것을 깨닫는다. 그리고 영혜가 숲으로 들어가 나무가 되고자 했듯이 자신도 목매어 죽을 결심으로 산으로 갔지만 "자신의 목숨을 받아줄 나무를 찾아낼 수" 없어서 "뒷걸음질 쳐" 내려왔다는 기억을 떠올리며 영혜의 마음을 어느 정도 이해하게 된다. 영혜가 그렇게 하지 않았다면 자신이 동생처럼 경계를 뚫고 달려 나갔을 것이며, 지금 동생이 토하는 피는 자신의 가슴에서 "터져 나왔어야 할 피"라고 생각한다. 그렇게 인혜는 외면하고 싶었던 자신의 참모습을 영혜를 통해 보고 이해하게 된다. 같은 약자의 입장에서 영혜와 인혜 사이에는 진정한 공감대 형성이 가능하다는 것을 시사하는 대목이다.

출구 없는 세상을 향한 소극적 저항

한강의 작품 《채식주의자》에서는 영혜의 소극적 저항이 전편에 흐른다. 영혜는 가부장제라는 주류 문화에 채식이라는 소극적 저항을 통해 저항하고 탈주하려 한다. 처음에 그녀는 육식을 거부하고 채식만 하다가 정신병원에서는 모든 음식을 거부하고 게다가 나무가 되고 싶다며 물구나무서서 햇빛과 물만 있으면 된다고 주장한다. 결국 죽게 된다는 점에서 영혜를 실패하는 인물로 보는 경우가 많다. 그러나 음식 소비를 거부한다는 것은 가부장적인 주류 문화에 대한 간접적인 비판이자 저항이며 기존의 사회 구조에 참여하여 음식을 유통시키기를 거부하는 저항의 은유이다.

《채식주의자》는 혁명적 행동을 요구하거나 새로운 사회의 청사진을 보여주는 작품이 아니다. 하지만 현재의 권력 관계를 가능하게 만드는 가정들을 비판적으로 보여준다. 영혜는 참을 수 없는 현재 상황이 계속되게 놓아둘 수 없는데, 근본적인 변화가 없는 한 출구를 찾기가 매우 어렵기 때문에 소극적으로나마 저항하는 인물이다. 은폐되어 있는 기존의 권력 관계를 감지하고 이에 의문을 던진다는 점에서 영혜의 소극적 저항은 매우 강력하다. 기존의 권력 관계를 인식하고 이에 의문을 던질 수 있을 때만 의미 있는 변화가 시작될 수 있기 때문이다.

* 참고문헌

손정수, 〈이 계절의 키워드 – 신종 바틀비들이 생성되는 원인〉《자음과 모음》10
      (2010), 884~905쪽

신수정, 〈한강 소설에 나타나는 '채식'의 의미〉《문학과 환경》제90권 2호(2010),
      193~208쪽

이찬규·이은지, 〈한강의 작품 속에 나타난 에코페미니즘 연구 –《채식주의자》를
      중심으로〉《인문과학》46(2010), 46~67쪽

한윤정, 〈결코 굴복시키지 못하는 수동적 저항〉《위클리경향》889호

* 이 글은 2011년 서울여자대학교《여성연구논총(26)》(135~158쪽)에 실린 논
문 〈음식 소비와 (여)성 : 한강의《채식주의자》의 바틀비적 저항〉에서 발췌한 글
입니다.

한강, 채식주의자 깊게 읽기

초판 1쇄 펴낸 날 2016년 6월 20일
초판 2쇄 펴낸 날 2024년 10월 31일

지 은 이 정미숙 외 4명
펴 낸 이 장영재
펴 낸 곳 (주)미르북컴퍼니
자 회 사 더스토리
전 화 02)3141-4421
팩 스 0505-333-4428
등 록 2012년 3월 16일(제313-2012-81호)
주 소 서울시 마포구 성미산로32길 12, 2층 (우 03983)
E-mail sanhonjinju@naver.com
카 페 cafe.naver.com/mirbookcompany
S N S instagram.com/mirbooks

* (주)미르북컴퍼니는 독자 여러분의 의견에 항상 귀 기울이고 있습니다.
* 파본은 책을 구입하신 서점에서 교환해 드립니다.
* 책값은 뒤표지에 있습니다.